Paul Celan (nom d'écrivain de Paul Antschel) est né en 1920, à Czernowitz, en Roumanie, dans une famille juive de langue allemande. Après une première année de médecine à Tours (1938-1939), Celan retourne dans son pays où il subit les persécutions fascistes et nazies : il est interné deux ans dans des camps de travail roumains ; victimes de la barbarie nazie, ses parents disparaissent en Transnistrie. En 1948, Celan s'installe à Paris où il sera lecteur à l'École normale supérieure. Très vite reconnue dans l'espace germanophone et couronnée par des prix prestigieux comme celui de la Ville de Brême (1958) et le Georg-Büchner-Preis (1960), son œuvre, hautement complexe et radicalement novatrice, est le carrefour de toutes les traditions poétiques occidentales et juives, de Shakespeare à Mandelstam, en passant par Yehuda Halevi, Rimbaud, Valéry, Char, Michaux, Ungaretti et Pessoa dont Celan est l'incomparable traducteur. Ses poèmes, qui témoignent d'une extrême attention à l'histoire et à l'actualité, frappent aussi par leur sobriété, la simplicité et l'évidence de leur engagement en faveur de l'humain. L'œuvre de Paul Celan, et en particulier la célèbre *Fugue de mort* (*Todesfuge*), qu'il tenait pour un « tombeau » (*Grab, Grabschrift*), est un témoignage et un combat contre toute forme de barbarie.

Celan s'est donné la mort en se jetant dans la Seine à Paris en 1970.

La majeure partie de ses œuvres et des correspondances sont publiées en français (voir en fin de volume la liste « du même auteur »).

Paul Celan

La Rose de personne

POÉSIE

Traduction et postface de Martine Broda

Édition bilingue

José Corti

CET OUVRAGE EST PUBLIÉ SOUS LA DIRECTION
DE MAURICE OLENDER

LES ŒUVRES DE PAUL CELAN
PUBLIÉES DANS CETTE COLLECTION
SONT ÉDITÉES PAR BERTRAND BADIOU

TEXTE INTÉGRAL

La première édition française de cet ouvrage
a paru aux éditions Le Nouveau Commerce en 1979

TITRE ORIGINAL
Die Niemandsrose

ISBN 978-2-7578-0396-7
(ISBN 2-85541-004-5, 1re publication
ISBN 2-7143-0798-1, 2nde publication)

À la mémoire d'Ossip Mandelstam

I

Es war Erde in ihnen, und
sie gruben.

Sie gruben und gruben, so ging
ihr Tag dahin, ihre Nacht. Und sie lobten nicht Gott,
der, so hörten sie, alles dies wollte,
der, so hörten sie, alles dies wußte.

Sie gruben und hörten nichts mehr;
sie wurden nicht weise, erfanden kein Lied,
erdachten sich keinerlei Sprache.
Sie gruben.

Es kam eine Stille, es kam auch ein Sturm,
es kamen die Meere alle.
Ich grabe, du gräbst, und es gräbt auch der Wurm,
und das Singende dort sagt: Sie graben.

O einer, o keiner, o niemand, o du:
Wohin gings, da's nirgendhin ging?
O du gräbst und ich grab, und ich grab mich dir zu,
und am Finger erwacht uns der Ring.

Il y avait de la terre en eux, et
ils creusaient.

Ils creusaient, creusaient, ainsi
passa leur jour, leur nuit. Ils ne louaient pas Dieu
qui — entendaient-ils — voulait tout ça,
qui — entendaient-ils — savait tout ça.

Ils creusaient, et n'entendaient plus rien ;
ils ne devinrent pas sages, n'inventèrent pas
de chanson,
n'imaginèrent aucune sorte de langue.
Ils creusaient.

Il vint un calme, il vint aussi une tempête,
vinrent toutes les mers.
Je creuse, tu creuses, il creuse aussi le ver,
et ce qui chante là-bas dit : ils creusent.

Ô un, ô nul, ô personne, ô toi :
où ça menait, si vers nulle part ?
Ô tu creuses et je creuse, je me creuse jusqu'à toi —
à notre doigt l'anneau s'éveille.

DAS WORT VOM ZUR-TIEFE-GEHN,
das wir gelesen haben.
Die Jahre, die Worte seither.
Wir sind es noch immer.

Weißt du, der Raum ist unendlich,
weißt du, du brauchst nicht zu fliegen,
weißt du, was sich in dein Aug schrieb,
vertieft uns die Tiefe.

LE MOT D'ALLER-À-LA-PROFONDEUR,
celui que nous avons lu.
Les années, les mots depuis.
C'est toujours bien de nous.

Tu sais, l'espace est infini,
tu sais, tu n'as pas à voler,
tu sais, ce qui s'est inscrit dans ton œil
approfondit pour nous la profondeur.

BEI WEIN UND VERLORENHEIT, bei
beider Neige:

ich ritt durch den Schnee, hörst du,
ich ritt Gott in die Ferne – die Nähe, er sang,
es war
unser letzter Ritt über
die Menschen-Hürden.

Sie duckten sich, wenn
sie uns über sich hörten, sie
schrieben, sie
logen unser Gewieher
um in eine
ihrer bebilderten Sprachen.

PAR LE VIN ET PAR LA PERTE, par
la lie de l'un et l'autre :

je chevauchais à travers la neige, entends-tu,
je chevauchais Dieu dans le lointain — le proche,
il chantait,
c'était
notre dernière chevauchée par-dessus
les haies des hommes.

Ils se baissaient, quand
ils nous entendaient au-dessus d'eux, ils
transcrivaient,
trahissaient notre hennissement
dans une
de leurs langues à images.

ZÜRICH, ZUM STORCHEN

Für Nelly Sachs

Vom Zuviel war die Rede, vom
Zuwenig. Von Du
und Aber-Du, von
der Trübung durch Helles, von
Jüdischem, von
deinem Gott.

Da-
von.
Am Tag einer Himmelfahrt, das
Münster stand drüben, es kam
mit einigem Gold übers Wasser.

Von deinem Gott war die Rede, ich sprach
gegen ihn, ich
liess das Herz, das ich hatte,
hoffen:
auf
sein höchstes, umröcheltes, sein
haderndes Wort –

Dein Aug sah mir zu, sah hinweg,
dein Mund
sprach sich dem Aug zu, ich hörte:

Wir
wissen ja nicht, weißt du,
wir
wissen ja nicht,
was
gilt.

ZURICH, ZUM STORCHEN

Pour Nelly Sachs

Nous avons parlé du Trop
et du Trop-peu. Du Toi
et du Non-toi, de
la clarté qui trouble, de
choses juives, de
ton Dieu.

De
ça.
Le jour : d'une ascension, la
cathédrale était sur l'autre bord, avec de l'or
elle vint à nous marchant sur l'eau.

Nous avons parlé de ton Dieu, moi
contre lui, je
laissais le cœur que j'avais
espérer :
en
sa suprême, enrâlée
parole de courroux —

Ton œil me regarda, vit plus loin
ta bouche
parla jusqu'à l'œil, j'entendis :

Mais nous
ne savons pas, tu sais,
mais nous
ne savons pas
quoi
compte.

SELBDRITT, SELBVIERT

Krauseminze, Minze, krause,
vor dem Haus hier, vor dem Hause.

Diese Stunde, deine Stunde,
ihr Gespräch mit meinem Munde.

Mit dem Mund, mit seinem Schweigen,
mit den Worten, die sich weigern.

Mit den Weiten, mit den Engen,
mit den nahen Untergängen.

Mit mir einem, mit uns dreien,
halb gebunden, halb im Freien.

Krauseminze, Minze, krause,
vor dem Haus hier, vor dem Hause.

TRINITÉ, QUADRUNITÉ

Menthe crépue, menthe, crépue,
poussant devant la maison.

Cette heure, ton heure,
son dialogue avec ma bouche.

Avec la bouche, avec son silence,
avec les mots qui se refusent.

Avec le large, avec l'étroit,
avec les proches déclins.

Avec moi seul, avec nous trois,
à demi liés, à demi dans l'ouvert.

Menthe crépue, menthe, crépue,
poussant devant la maison.

SOVIEL GESTIRNE, die
man uns hinhält. Ich war,
als ich dich ansah – wann? –,
draußen bei
den andern Welten.

O diese Wege, galaktisch,
o diese Stunde, die uns
die Nächte herüberwog in
die Last unsrer Namen. Es ist,
ich weiß es, nicht wahr,
daß wir lebten, es ging
blind nur ein Atem zwischen
Dort und Nicht-da und Zuweilen,
kometenhaft schwirrte ein Aug
auf Erloschenes zu, in den Schluchten,
da, wo's verglühte, stand
zitzenprächtig die Zeit,
an der schon empor- und hinab-
und hinwegwuchs, was
ist oder war oder sein wird –,

ich weiß,
ich weiß und du weißt, wir wussten,
wir wußten nicht, wir
waren ja da und nicht dort,
und zuweilen, wenn
nur das Nichts zwischen uns stand, fanden
wir ganz zueinander.

TANT D'ÉTOILES, que
l'on nous tend. J'étais,
quand je t'ai regardée — quand ? —,
dehors auprès
des autres mondes.

Ô ces chemins, galactiques,
ô cette heure, qui ajouta
le poids des nuits
à la charge de nos noms. Il n'est,
je sais, pas vrai
que nous ayons vécu, aveugle
il ne passa qu'un souffle entre
Là-bas, Pas-là et Parfois,
un œil siffla comme une comète
vers de l'éteint, dans les ravines,
là où mourait l'éclat, se tenait
le Temps, nourrice splendide,
sur lequel poussait déjà, vers le haut,
le bas, au-delà, ce qui
est, était, ou sera —,

je sais,
je sais et tu sais, nous savions,
nous ne savions pas, mais
nous étions là et non là-bas,
et parfois, quand
il n'y avait plus que le Rien entre nous, nous nous
trouvions
l'un l'autre tout à fait.

DEIN
HINÜBERSEIN heute Nacht.
Mit Worten holt ich dich wieder, da bist du,
alles ist wahr und ein Warten
auf Wahres.

Es klettert die Bohne vor
unserm Fenster: denk
wer neben uns aufwächst und
ihr zusieht.

Gott, das lasen wir, ist
ein Teil und ein zweiter, zerstreuter:
im Tod
all der Gemähten
wächst er sich zu.

Dorthin
führt uns der Blick,
mit dieser
Hälfte
haben wir Umgang.

TON
PASSAGE AU-DELÀ cette nuit.
Avec des mots je t'ai ramenée, tu es là,
tout est vrai et attente
du vrai.

Le haricot grimpe devant
notre fenêtre : pense
qui à côté de nous grandit et
le voit faire.

Dieu, nous l'avons lu, est
une partie et une deuxième, éparse :
dans la mort
de tous ceux fauchés,
sur soi il se referme.

Là-bas
nous conduit le regard,
avec cette
moitié
nous avons commerce.

ZU BEIDEN HÄNDEN, da
wo die Sterne mir wuchsen, fern
allen Himmeln, nah
allen Himmeln:
Wie
wacht es sich da! Wie
tut sich die Welt uns auf, mitten
durch uns!

Du bist,
wo dein Aug ist, du bist
oben, bist
unten, ich
finde hinaus.

O diese wandernde leere
gastliche Mitte. Getrennt,
fall ich dir zu, fällst
du mir zu, einander
entfallen, sehn wir
hindurch:

Das
Selbe
hat uns
verloren, das
Selbe
hat uns
vergessen, das
Selbe
hat uns – –

À MAIN DROITE ET MAIN GAUCHE, où
j'avais les étoiles qui poussent, loin
de tous les ciels, près
de tous les ciels :
comme
on veille, là ! Comme
le monde s'ouvre à nous, centre
à travers nous !

Tu es
où est ton œil, tu es
en haut, es
en bas, je
trouve à sortir.

Ô ce centre errant, vide,
hospitalier. Séparés,
j'échois à toi, tu échois
à moi, échappant
l'un à l'autre, nous voyons
au travers :

Le
Même
nous a
perdus, le
Même
nous a
oubliés, le
Même
nous a – –

ZWÖLF JAHRE

Die wahr-
gebliebene, wahr-
gewordene Zeile: … *dein*
Haus in Paris – zur
Opferstatt deiner Hände.

Dreimal durchatmet,
dreimal durchglänzt.

………………

Es wird stumm, es wird taub
hinter den Augen.
Ich sehe das Gift blühn.
In jederlei Wort und Gestalt.

Geh. Komm.
Die Liebe löscht ihren Namen: sie
schreibt sich dir zu.

DOUZE ANS

La ligne restée
vraie, devenue
vraie : … *ta*
maison à Paris — en
autel où tu sacrifies tes mains.

Trois fois traversé de souffle,
trois fois traversé d'éclat.

………………

Mutisme et surdité s'installent
derrière les yeux.
Je vois le poison fleurir.
En toute sorte de paroles et de formes.

Va. Viens.
L'amour efface son nom : il
se dédie à toi.

MIT ALLEN GEDANKEN ging ich
hinaus aus der Welt: da warst du,
du meine Leise, du meine Offne, und –
du empfingst uns.

Wer
sagt, daß uns alles erstarb,
da uns das Aug brach?
Alles erwachte, alles hob an.

Groß kam eine Sonne geschwommen, hell
standen ihr Seele und Seele entgegen, klar,
gebieterisch schwiegen sie ihr
ihre Bahn vor.

Leicht
tat sich dein Schoß auf, still
stieg ein Hauch in den Äther,
und was sich wölkte, wars nicht,
wars nicht Gestalt und von uns her,
wars nicht
so gut wie ein Name?

AVEC TOUTES LES PENSÉES je suis sorti
hors du monde : tu étais là,
toi, ma silencieuse, mon ouverte, et —
tu nous reçus.

Qui
dit que tout est mort pour nous
quand notre œil s'éteignit ?
Tout s'éveilla, tout commença.

Grand, un soleil est venu à la nage, claires,
âme et âme lui ont fait face, nettes,
impératives, elles lui ont tu
son orbe.

Sans peine,
ton sein s'est ouvert, paisible,
un souffle est monté dans l'éther,
et ce qui s'est nué, n'était-ce pas,
n'était-ce pas forme, et sortie de nous,
n'était-ce pas
pour ainsi dire un nom ?

DIE SCHLEUSE

Über aller dieser deiner
Trauer: kein
zweiter Himmel.

………………

An einen Mund,
dem es ein Tausendwort war,
verlor –
verlor ich ein Wort,
das mir verblieben war:
Schwester.

An
die Vielgötterei
verlor ich ein Wort, das mich suchte:
Kaddisch.

Durch
die Schleuse mußt ich,
das Wort in die Salzflut zurück-
und hinaus- und hinüberzuretten:
Jiskor

L’ÉCLUSE

Sur tout ce deuil
qui est le tien : pas
de deuxième ciel.

....

Contre une bouche,
pour qui c’était un mot multiple,
j’ai perdu —
perdu un mot,
qui m’était resté :
sœur.

Auprès
de mille idoles
j’ai perdu un mot, qui me cherchait :
Kaddish.

À travers
l’écluse j’ai dû passer,
pour sauver le mot,
le replonger au flot salé,
le sortir, le faire franchir :
Yizkor.

STUMME HERBSTGERÜCHE. Die
Sternblume, ungeknickt, ging
zwischen Heimat und Abgrund durch
dein Gedächtnis.

Eine fremde Verlorenheit war
gestalthaft zugegen, du hättest
beinah
gelebt.

ODEURS D'AUTOMNE, MUETTES. La
fleur-étoile, non brisée, passa
entre lieu natal et abîme à travers
ta mémoire.

Une perditude étrangère
avait pris corps, tu avais
failli
vivre.

EIS, EDEN

Es ist ein Land Verloren,
da wächst ein Mond im Ried,
und das mit uns erfroren,
es glüht umher und sieht.

Es sieht, denn es hat Augen,
die helle Erden sind.
Die Nacht, die Nacht, die Laugen.
Es sieht, das Augenkind.

Es sieht, es sieht, wir sehen,
ich sehe dich, du siehst.
Das Eis wird auferstehen,
eh sich die Stunde schließt.

GEL, ÉDEN

Il y a un pays : Perdu,
où pousse une lune dans le roseau,
mort de froid avec nous,
il rayonne alentour et voit.

Il voit, alors il a des yeux,
qui sont de claires terres.
La nuit, la nuit, l'alcali.
Il voit, l'enfant-œil.

Il voit, il voit, nous voyons,
je te vois, tu vois.
Le gel ressuscitera
avant que l'heure se ferme.

PSALM

Niemand knetet uns wieder aus Erde und Lehm,
niemand bespricht unsern Staub.
Niemand.

Gelobt seist du, Niemand.
Dir zulieb wollen
wir blühn.
Dir
entgegen.

Ein Nichts
waren wir, sind wir, werden
wir bleiben, blühend:
die Nichts-, die
Niemandsrose.

Mit
dem Griffel seelenhell,
dem Staubfaden himmelswüst,
der Krone rot
vom Purpurwort, das wir sangen
über, o über
dem Dorn.

PSAUME

Personne ne nous repétrira de terre et de limon,
personne ne bénira notre poussière.
Personne.

Loué sois-tu, Personne.
Pour l'amour de toi nous voulons
fleurir.
Contre
toi.

Un rien
nous étions, nous sommes, nous
resterons, en fleur :
la rose de rien, de
personne.

Avec
le style clair d'âme,
l'étamine désert-des-cieux,
la couronne rouge
du mot de pourpre que nous chantions
au-dessus, au-dessus de
l'épine.

TÜBINGEN, JÄNNER

Zur Blindheit über-
redete Augen.
Ihre – »ein
Rätsel ist Rein-
entsprungenes« –, ihre
Erinnerung an
schwimmende Hölderlintürme, möwen-
umschwirrt.

Besuche ertrunkener Schreiner bei
diesen
tauchenden Worten:

Käme,
käme ein Mensch,
käme ein Mensch zur Welt, heute, mit
dem Lichtbart der
Patriarchen: er dürfte,
spräch er von dieser
Zeit, er
dürfte
nur lallen und lallen,
immer-, immer-
zuzu.

(»Pallaksch. Pallaksch.«)

TÜBINGEN, JANVIER

Des yeux sous un flot de mots
aveuglés.
Leur — « énigme
ce qui naît
de source pure » — , leur
souvenir de
tours Hölderlin nageant, tournoyées
de mouettes.

Visites de menuisiers noyés
à ces
mots qui plongent :

S'il venait,
venait un homme,
venait un homme au monde, aujourd'hui, avec
la barbe de clarté
des patriarches : il devrait,
s'il parlait de ce
temps, il
devrait
bégayer seulement, bégayer,
toutoutoujours
bégayer.

(« Pallaksch. Pallaksch. »)

CHYMISCH

Schweigen, wie Gold gekocht, in
verkohlten
Händen.

Große, graue,
wie alles Verlorene nahe
Schwestergestalt:

Alle die Namen, alle die mit-
verbrannten
Namen. Soviel
zu segnende Asche. Soviel
gewonnenes Land
über
den leichten, so leichten
Seelen-
ringen.

Große. Graue. Schlacken-
lose.

Du, damals.
Du mit der fahlen,
aufgebissenen Knospe.
Du in der Weinflut.

(Nicht wahr, auch uns
entließ diese Uhr?
Gut,
gut, wie dein Wort hier vorbeistarb.)

CHYMIQUE

Silence, cuit comme de l'or, dans
des mains
carbonisées.

Grande, grise,
comme tout le perdu proche
figure de sœur :

Tous ces noms, brûlés
avec elle, tous
ces noms. Tant
de cendre à bénir. Tant
de terre gagnée
au-dessus
des légers, si légers
anneaux
d'âmes.

Grande. Grise. Sans
scories.

Toi, autrefois.
Toi avec le bourgeon
pâle, ouvert par morsure.
Toi dans le flot de vin.

(Nous aussi, n'est-ce pas,
cette horloge nous congédia ?
C'était bien :
ta parole, passant ici, mourait.)

Schweigen, wie Gold gekocht, in
verkohlten, verkohlten
Händen.
Finger, rauchdünn. Wie Kronen, Luftkronen
um – –

Große. Graue. Fährte-
lose.
König-
liche.

Silence, cuit comme de l'or, dans
des mains
carbonisées, carbonisées.
Doigts, mince fumée. Comme des couronnes, des
couronnes d'air
autour de — —

Grande. Grise. Sans
trace.
Roy-
ale.

EINE GAUNER- UND GANOVENWEISE GESUNGEN ZU PARIS EMPRÈS PONTOISE VON PAUL CELAN AUS CZERNOWITZ BEI SADAGORA

Manchmal nur, in dunkeln Zeiten,
Heinrich Heine, An Edom

Damals, als es noch Galgen gab,
da, nicht wahr, gab es
ein Oben.

Wo bleibt mein Bart, Wind, wo
mein Judenfleck, wo
mein Bart, den du raufst?

Krumm war der Weg, den ich ging,
krumm war er, ja,
denn, ja,
er war gerade.

Heia.

Krumm, so wird meine Nase.
Nase.

Und wir zogen auch nach *Friaul*.
Da hätten wir, da hätten wir.
Denn es blühte der Mandelbaum.
Mandelbaum, Bandelmaum.

UN AIR DE FILOUS ET DE BRIGANDS
CHANTÉ À PARIS EMPRÈS PONTOISE
PAR PAUL CELAN
DE CZERNOWITZ PRÈS DE SADIGORE

Mais parfois, en de sombres temps,
Henri Heine, *À Édom*

Autrefois, quand il y avait encore des gibets,
il y avait, pas vrai,
un en-haut.

Où est ma barbe, vent, où
ma jaune tache juive, où
ma barbe, que tu arraches ?

Tordu était le chemin, que j'allais,
tordu il était, oui,
car, oui,
il était droit.

L'enfant do… oui !

Tordu, crochu devient mon nez.
Mon nez.

Et nous sommes partis aussi pour *Frioul*.
Là nous aurions, là nous aurions.
Car l'amandier était en fleur.
Mandelbaum, Bandelmaum.

Mandeltraum, Trandelmaum.

Und auch der Machandelbaum.
Chandelbaum.

Heia.
Aum.

Envoi

Aber,
aber er bäumt sich, der Baum. Er,
auch er
steht gegen
die Pest.

Mandeltraum, Trandelmaum.

Rêve d'amande.
Et aussi le genévrier.
Machandelbaum, Chandelbaum.
Candelarbre.

Do… oui !
Aum.

Envoi

Mais,
mais il se cabre, l'arbre. Lui,
lui aussi,
se dresse contre
la peste.

II

FLIMMERBAUM

Ein Wort,
an das ich dich gerne verlor:
das Wort
Nimmer.

Es war,
und bisweilen wußtest auch du's,
es war
eine Freiheit.
Wir schwammen.

Weißt du noch, daß ich sang?
Mit dem Flimmerbaum sang ich, dem Steuer.
Wir schwammen.

Weißt du noch, daß du schwammst?
Offen lagst du mir vor,
lagst du mir, lagst
du mir vor
meiner vor-
springenden Seele.
Ich schwamm für uns beide. Ich schwamm nicht.
Der Flimmerbaum schwamm.

Schwamm er? Es war
ja ein Tümpel rings. Es war der unendliche Teich.
Schwarz und unendlich, so hing,
so hing er weltabwärts.

ARBRES-AUX-LUEURS

Un mot,
pour lequel j'ai bien voulu te perdre :
le mot
jamais.

Il y avait,
de temps en temps tu le savais aussi,
il y avait
une liberté.
Nous nagions.

Sais-tu encore, que je chantais ?
Avec l'arbre-aux-lueurs, le gouvernail.
Nous nagions.

Sais-tu encore, que tu nageais ?
Ouverte tu étais devant moi,
tu étais, étais
devant moi,
devant l'a-
vancée de mon âme.
Je nageais pour nous deux. Je ne nageais pas.
L'arbre-aux-lueurs nageait.

Nageait-il ? Il y avait
une mare autour. Il y avait l'étang sans fin.
Noir et sans fin, suspendu,
suspendu, en aval du monde.

Weißt du noch, daß ich sang?

Diese –
o diese Drift.

Nimmer. Weltabwärts. Ich sang nicht. Offen
lagst du mir vor
der fahrenden Seele.

Sais-tu encore, que je chantais ?

Cette —
ô cette dérive.

Jamais. Aval du monde. Je ne chantais pas. Ouverte
tu étais devant moi, devant
l'âme en voyage.

ERRATISCH

Die Abende graben sich dir
unters Aug. Mit der Lippe auf-
gesammelte Silben – schönes,
lautloses Rund –
helfen dem Kriechstern
in ihre Mitte. Der Stein,
schläfennah einst, tut sich hier auf:

bei allen
versprengten
Sonnen, Seele,
warst du, im Äther.

ERRATIQUE

Les soirs se creusent
sous ton œil. Recueillies
avec la lèvre, des syllabes — beau
cercle en silence —
guident l'étoile qui rampe
vers leur centre. La pierre,
autrefois proche des tempes, ici s'ouvre :

auprès de tous
les soleils
dispersés, âme
tu étais, dans l'éther.

EINIGES HAND-
ÄHNLICHE, finster,
kam mit den Gräsern:

Rasch – Verzweiflungen, ihr
Töpfer! –, rasch
gab die Stunde den Lehm her, rasch
war die Träne gewonnen –:

noch einmal, mit bläulicher Rispe,
umstand es uns, dieses
Heute.

QUELQUE CHOSE COMME
LA MAIN, sombre,
vint avec les herbes :

Vite — désespoirs, vous,
potiers ! — vite
l'heure fournit l'argile, vite
la larme fut créée — :

encore une fois, de sa panicule bleuâtre
il nous entourait, cet
aujourd'hui.

…RAUSCHT DER BRUNNEN

Ihr gebet-, ihr lästerungs-, ihr
gebetscharfen Messer
meines
Schweigens.

Ihr meine mit mir ver-
krüppelnden Worte, ihr
meine geraden.

Und du:
du, du, du
mein täglich wahr- und wahrer-
geschundenes Später
der Rosen –:

Wieviel, o wieviel
Welt. Wieviel
Wege.

Krücke du, Schwinge. Wir – –

Wir werden das Kinderlied singen, das,
hörst du, das
mit den Men, mit den Schen, mit den Menschen, ja
das
mit dem Gestrüpp und mit
dem Augenpaar, das dort bereitlag als
Träne-und-
Träne.

… BRUIT LA FONTAINE

Vous couteaux aiguisés de prière,
de blasphème, de prière,
de mon
silence.

Vous mes paroles, qui vous estropiez
avec moi, vous
mes paroles droites.

Et toi :
toi, toi, toi,
de vérité chaque jour plus vraie
écorché, mon plus-tard
des roses — :

Combien, ô combien
du monde. De
chemins.

Aile, tu es béquille. Nous – –

Nous chanterons la chanson d'enfant, celle,
entends-tu, celle
avec les « hom », avec les « mes », avec les hommes,
oui, celle
avec la broussaille, avec
la paire d'yeux, qui restait prête là-bas :
larme-et-
larme.

Es ist nicht mehr
diese
zuweilen mit dir
in die Stunde gesenkte
Schwere. Es ist
eine andre.

Es ist das Gewicht, das die Leere zurückhält,
die mit-
ginge mit dir.
Es hat, wie du, keinen Namen. Vielleicht
seid ihr dasselbe. Vielleicht
nennst auch du mich einst
so.

CE N’EST PLUS
cette
pesanteur parfois
plongée dans l’heure
avec toi. C’en est
une autre.

C’est le poids retenant le vide
qui avec
toi irait.
Il n’a, comme toi, pas de nom. Peut-être
êtes-vous la même chose. Peut-être
me donneras-tu aussi un jour ce
nom.

RADIX, MATRIX

Wie man zum Stein spricht, wie
du,
mir vom Abgrund her, von
einer Heimat her Ver-
schwisterte, Zu-
geschleuderte, du,
du mir vorzeiten,
du mir im Nichts einer Nacht,
du in der Aber-Nacht Be-
gegnete, du
Aber-Du –:

Damals, da ich nicht da war,
damals, da du
den Acker abschrittst, allein:

Wer,
wer wars, jenes
Geschlecht, jenes gemordete, jenes
schwarz in den Himmel stehende:
Rute und Hode –?

(Wurzel.
Wurzel Abrahams. Wurzel Jesse. Niemandes
Wurzel – o
unser.)

Ja,
wie man zum Stein spricht, wie
du

RADIX, MATRIX

Comme on parle à la pierre, comme
toi,
à moi depuis l'abîme, depuis
un lieu natal ap-
parentée,
lancée, toi,
toi qu'au fond des temps,
dans le Rien d'une nuit,
j'ai dans la Non-nuit ren-
contrée, toi
Non-toi — :

alors que je n'étais pas là,
alors que tu arpentais
seule, le champ :

qui,
qui était-ce, cette
race, assassinée, cette race
érigée noire dans le ciel :
verge et testicule — ?

(Racine.
Racine d'Abraham. Racine de Jessé. Racine
de personne — ô
nôtre.)

Oui,
comme on parle à la pierre, comme
toi

mit meinen Händen dorthin
und ins Nichts greifst, so
ist, was hier ist:

auch dieser
Fruchtboden klafft,
dieses
Hinab
ist die eine der wild-
blühenden Kronen.

tu agrippes avec mes mains
là-bas et dans le Rien, ainsi
de ce qui est ici :

ce sol
à fruits aussi est béant,
ce
tombe-en-bas,
l'une des couronnes de la
fleur sauvage.

SCHWARZERDE, schwarze
Erde du, Stunden-
mutter
Verzweiflung:

Ein aus der Hand und ihrer
Wunde dir Zu-
geborenes schließt
deine Kelche.

TERRENOIRE, terre
noire toi, désespérance
mère
des heures :

quelque chose qui de la main
t'est né et de sa
blessure ferme
tes calices.

EINEM, DER VOR DER TÜR STAND, eines
Abends:
ihm
tat ich mein Wort auf –: zum
Kielkropf sah ich ihn trotten, zum
halb-
schürigen, dem
im kotigen Stiefel des Kriegsknechts
geborenen Bruder, dem
mit dem blutigen
Gottes-
gemächt, dem
schilpenden Menschlein.

Rabbi, knirschte ich, Rabbi
Löw:

Diesem
beschneide das Wort,
diesem
schreib das lebendige
Nichts ins Gemüt,
diesem
spreize die zwei
Krüppelfinger zum heil-
bringenden Spruch.
Diesem.

....

Wirf auch die Abendtür zu, Rabbi.

....

Reiss die Morgentür auf, Ra- –

À UN QUI SE TENAIT DEVANT LA PORTE, un
soir :
à lui
j'ouvre ma parole — : je le vois
trotter vers l'avorton, le
mal
le foutu, le
frangin né dans la botte crottée
du reître, avec
le membre
sanglant
de Dieu,
l'homoncule gazouillant.

Rabbi, grinçai-je, Rabbi
Loew :

À celui-ci,
circoncis le mot,
à celui-ci,
inscris le Rien
vivant au cœur,
à celui-ci,
écarte les deux
doigts difformes pour une
parole de salut.
À celui-ci.

....

Ferme aussi la porte du soir, Rabbi.

....

Ouvre grand la porte du matin, Ra- —

MANDORLA

In der Mandel – was steht in der Mandel?
Das Nichts.
Es steht das Nichts in der Mandel.
Da steht es und steht.

Im Nichts – wer steht da? Der König.
Da steht der König, der König.
Da steht er und steht.

Judenlocke, wirst nicht grau.

Und dein Aug – wohin steht dein Auge?
Dein Aug steht der Mandel entgegen.
Dein Aug, dem Nichts stehts entgegen.
Es steht zum König.
So steht es und steht.

Menschenlocke, wirst nicht grau.
Leere Mandel, königsblau.

MANDORLE

Dans l'amande — qu'est-ce qui se tient dans
l'amande ?
Le Rien.
Le Rien se tient dans l'amande.
Il s'y tient, s'y tient.

Dans le Rien — qui se tient là ? Le Roi.
Là se tient le Roi, le Roi.
Il s'y tient, s'y tient.

Boucle de juif, tu ne grisonneras pas.

Et ton œil — vers quoi se tient ton œil ?
Ton œil se tient face à l'amande.
Ton œil face au Rien se tient.
Soutient le Roi.
Ainsi il se tient, se tient.

Boucle d'homme, tu ne grisonneras pas.
Amande vide, bleu roi.

AN NIEMAND GESCHMIEGT mit der Wange –
an dich, Leben.
An dich, mit dem Handstumpf
gefundnes.

Ihr Finger.
Fern, unterwegs,
an den Kreuzungen, manchmal,
die Rast
bei freigelassenen Gliedern,
auf
dem Staubkissen Einst.

Verholzter Herzvorrat: der
schwelende
Liebes- und Lichtknecht.

Ein Flämmchen halber
Lüge noch in
dieser, in jener
übernächtigen Pore,
die ihr berührt.

Schlüsselgeräusche oben,
im Atem-
Baum über euch:
das letzte
Wort, das euch ansah,
soll jetzt bei sich sein und bleiben.

....

An dich geschmiegt, mit
dem Handstumpf gefundenes
Leben.

CONTRE PERSONNE LOVÉ avec sa joue —
contre toi, vie.
Contre toi, d'un moignon de main
trouvée.

Vous, doigts.
Loin, en chemin,
aux croisements, parfois,
la halte
avec des membres affranchis,
sur
le coussin de poussière Autrefois.

Provision du cœur devenu bois :
qui brûle,
valet d'amour et de lumière.

Une petite flamme de demi-
mensonge encore dans
ce pore-ci,
cet autre, lassé de veille,
que vous touchez.

Bruits de clefs là-haut,
dans l'arbre
du souffle au-dessus de vous :
le dernier
mot qui vous ait regardé
doit maintenant rester seul avec soi.

. . . .

Contre toi lové, d'un
moignon de main trouvée :
vie.

ZWEIHÄUSIG, EWIGER, bist du, un-
bewohnbar. Darum
baun wir und bauen. Darum
steht sie, diese
erbärmliche Bettstatt, – im Regen,
da steht sie.

Komm, Geliebte.
Daß wir hier liegen, das
ist die Zwischenwand –: Er
hat dann genug an sich selber, zweimal.

Laß ihn, er
habe sich ganz, als das Halbe
und abermals Halbe. Wir,
wir sind das Regenbett, er
komme und lege uns trocken.

. . . .

Er kommt nicht, er legt uns nicht trocken.

TA DEMEURE EST DEUX, ÉTERNEL, in-
habitable. Aussi
bâtissons-nous, bâtissons. Aussi
est-il dressé, ce lit
pitoyable, — sous la pluie, là
dressé.

Viens, aimée.
Que nous soyons couchés ici, c'est
la cloison — : Lui
se suffit alors à lui-même, deux fois.

Laisse-le, qu'il
se possède tout entier, la moitié,
puis encore la moitié. Nous,
nous sommes le lit de pluie, qu'il
vienne et nous fasse sécher.

....

Il ne vient pas, ne nous fait pas sécher.

SIBIRISCH

Bogengebete – du
sprachst sie nicht mit, es waren,
du denkst es, die deinen.

Der Rabenschwan hing
vorm frühen Gestirn:
mit zerfressenem Lidspalt
stand ein Gesicht – auch unter diesem
Schatten.

Kleine, im Eiswind
liegengebliebene
Schelle
mit deinem
weißen Kiesel im Mund:

Auch mir
steht der tausendjahrfarbene
Stein in der Kehle, der Herzstein,
auch ich
setze Grünspan an
an der Lippe.

Über die Schuttflur hier,
durch das Seggenmeer heute
führt sie, unsre
Bronze-Straße.
Da lieg ich und rede zu dir
mit abgehäutetem
Finger.

SIBÉRIEN

Arcs de prières — tu
ne t'y joignais pas, c'étaient,
tu le penses, les tiennes.

Le cygne-corbeau était suspendu
devant les premières étoiles :
fente des paupières dévorée,
se tenait un visage — aussi
sous cette ombre.

Petite, dans le vent de glace
oubliée, petite
clochette
avec ton
caillou blanc dans la bouche :

Moi aussi,
j'ai la pierre aux-couleurs-de-mille-ans
dans la gorge, la pierre du cœur,
à moi aussi,
il me vient du vert-de-gris
sur la lèvre.

À travers les champs de décombres, ici,
par la mer de laîches, aujourd'hui,
elle passe, notre
route du bronze.
Je suis couché là et te parle,
un doigt
écorché vif.

BENEDICTA

Zu ken men arojfgejn in himel arajn
Un fregn baj got zu's darf asoj sajn?
Jiddisches Lied

Ge-
trunken hast du,
was von den Vätern mir kam
und von jenseits der Väter:
– –, Pneuma.

Ge-
segnet seist du, von weit her, von
jenseits meiner
erloschenen Finger.

Gesegnet: Du, die ihn grüßte,
den Teneberleuchter.

Du, die du's hörtest, da ich die Augen schloß, wie
die Stimme nicht weitersang nach:
's mus asoj sajn.

Du, die du's sprachst in den augen-
losen, den Auen:
dasselbe, das andere
Wort:
Gebenedeiet.

Ge-
trunken.
Ge-
segnet.
Ge-
bentscht.

BÉNÉDICTA

> Peut-on monter au ciel et demander à Dieu
> si les choses ont le droit d'être comme ça ?
> Chanson yiddish

Bu,
tu as bu
ce qui me vint de mes ancêtres
et de plus loin que les ancêtres :
— —, pneuma.

Bé-
nie sois-tu, de loin, de
plus loin que mes
doigts éteints.

Bénie : toi, qui l'as salué,
le chandelier des Ténèbres.

Toi qui as entendu, quand j'ai fermé les yeux,
comment
la voix ne chantait plus après :
's mus asoj sajn.

Toi qui l'as dit dans les
sans yeux, les prés profonds :
le même, l'autre
mot :
gebenedeiet.

Bu,
tu as bu.
Bé-
nie.
Ge-
bentscht.

À LA POINTE ACÉRÉE

Es liegen die Erze bloß, die Kristalle,
die Drusen.
Ungeschriebenes, zu
Sprache verhärtet, legt
einen Himmel frei.

(Nach oben verworfen, zutage,
überquer, so
liegen auch wir.

Tür du davor einst, Tafel
mit dem getöteten
Kreidestern drauf:
ihn
hat nun ein – lesendes? – Aug.)

Wege dorthin.
Waldstunde an
der blubbernden Radspur entlang.
Auf-
gelesene
kleine, klaffende
Buchecker: schwärzliches
Offen, von
Fingergedanken befragt
nach – –
wonach?

À LA POINTE ACÉRÉE

Les couches de minerai sont à nu, les cristaux,
les druses.
Du non-écrit, durci
en langue, libère
un ciel.

(Rejetés vers le haut, au jour,
de travers, nous
sommes couchés de même

Toi, porte devant cela, autrefois, tableau
où l'étoile tuée
fait la craie :
elle
est maintenant — lit-il ? — à un œil.)

Chemins vers là-bas.
Heure de forêt au
long de la trace de roue qui gargouille.
É-
lue,
petite faine, béante,
qu'on ramasse : chose ouverte
et noirâtre,
qu'interrogent des doigts-pensées
sur – –
vers quoi ?

Nach
dem Unwiederholbaren, nach
ihm, nach
allem.

Blubbernde Wege dorthin.

Etwas, das gehn kann, grußlos
wie Herzgewordenes,
kommt.

Sur le non-répétable, vers
lui, vers
tout.

Chemins qui gargouillent, vers là-bas.

Quelque chose, qui peut marcher, sans saluts,
non plus qu'un devenu-cœur,
vient.

III

DIE HELLEN
STEINE gehn durch die Luft, die hell-
weißen, die Licht-
bringer.

Sie wollen
nicht niedergehen, nicht stürzen,
nicht treffen. Sie gehen
auf,
wie die geringen
Heckenrosen, so tun sie sich auf,
sie schweben
dir zu, du meine Leise,
du meine Wahre –:

ich seh dich, du pflückst sie mit meinen
neuen, meinen
Jedermannshänden, du tust sie
ins Abermals-Helle, das niemand
zu weinen braucht noch zu nennen.

LES PIERRES
CLAIRES traversent les airs, les
blancheclaires, porteuses
de lumière.

Elles ne veulent
pas toucher le bas, l'abîme,
leur but. Elles
montent,
comme les humbles
églantines, elles s'ouvrent,
elles planent,
vers toi, ma silencieuse,
ma vraie — :

Je te vois, tu les cueilles avec mes
mains nouvelles, mes
mains-de-tout-le-monde, tu les mets
dans l'encore-une-fois clarté, que personne
n'a besoin de pleurer ni nommer.

ANABASIS

Dieses
schmal zwischen Mauern geschriebne
unwegsam-wahre
Hinauf und Zurück
in die herzhelle Zukunft.

Dort.

Silben-
mole, meer-
farben, weit
ins Unbefahrne hinaus.

Dann:
Bojen-,
Kummerbojen-Spalier
mit den
sekundenschön hüpfenden
Atemreflexen –: Leucht-
glockentöne (dum-,
dun-, un-,
unde suspirat
cor),
aus-
gelöst, ein-
gelöst, unser.

Sichtbares, Hörbares, das
frei-
werdende Zeltwort:

Mitsammen.

ANABASE

Écrite étroite entre des murs,
impraticable-vraie,
cette
montée et retour
dans l'avenir clair-cœur.

Là-bas.

Môles
de syllabes, couleur
mer, loin
dans le non-navigué.

Puis :
espalier de bouées,
bouées-chagrin,
avec,
beaux comme secondes, bondissants,
les reflets du souffle — : sons
de la cloche lumineuse (dum-,
dun-, un-,
unde suspirat
cor),
répétés,
rédimés,
nôtres.

Du visible, de l'audible, le
mot-tente
qui se libére :

Ensemble.

EIN WURFHOLZ, auf Atemwegen,
so wanderts, das Flügel-
mächtige, das
Wahre. Auf
Sternen-
bahnen, von Welten-
splittern geküßt, von Zeit-
körnern genarbt, von Zeitstaub, mit-
verwaisend mit euch,
Lapilli, ver-
zwergt, verwinzigt, ver-
nichtet,
verbracht und verworfen,
sich selber der Reim, –
so kommt es
geflogen, so kommts
wieder und heim,
einen Herzschlag, ein Tausendjahr lang
innezuhalten als
einziger Zeiger im Rund,
das eine Seele,
das seine
Seele
beschrieb,
das eine
Seele
beziffert.

UN BOOMERANG, sur des chemins de souffle,
ainsi va, puissant
d'ailes, le
vrai. Sur
les orbes
des étoiles, baisé
par les éclats des mondes, grêlé
par les grains du temps, sa poussière, devenant
orphelin avec vous,
lapilli, rendu
nain, minuscule, a-
néanti,
déporté et rejeté,
rime de soi-même,
ainsi il vient
au vol, ainsi il
revient, retourne,
pour s'arrêter le temps
d'un battement de cœur, d'un millénaire, comme
la seule aiguille dans le cercle
que décrivait
une âme,
son âme,
que chiffrait
une âme.

HAWDALAH

An dem einen, dem
einzigen
Faden, an ihm
spinnst du – von ihm
Umsponnener, ins:
Freie, dahin,
ins Gebundne.

Groß
stehn die Spindeln
ins Unland, die Bäume: es ist,
von unten her, ein
Licht geknüpft in die Luft-
matte, auf der du den Tisch deckst, den leeren
Stühlen und ihrem
Sabbatglanz zu – –

zu Ehren.

HAVDALAH

À l'un, à
l'unique
fil, à lui
tu files — par lui
entouré, jusque dans
le libre, là-bas,
dans le lié.

Grands
les fuseaux se dressent
dans le non-pays, les arbres : il y a,
venue d'en-bas, une
lumière nouée dans le tapis
d'air sur lequel tu mets la table, pour les chaises
vides et leur
éclat de sabbat, pour – –

les honorer.

LE MENHIR

Wachsendes
Steingrau.

Graugestalt, augen-
loser du, Steinblick, mit dem uns
die Erde hervortrat, menschlich,
auf Dunkel-, auf Weißheidewegen,
abends, vor
dir, Himmelsschlucht.

Verkebstes, hierhergekarrt, sank
über den Herzrücken weg. Meer
mühle mahlte.

Hellflüglig hingst du, früh,
zwischen Ginster und Stein,
kleine Phaläne.

Schwarz, phylakterien-
farben, so wart ihr,
ihr mit-
betenden Schoten.

LE MENHIR

Gris de pierre
qui pousse.

Forme grise, sans
yeux, toi, regard de pierre, avec lequel
la terre a fait saillie vers nous, humaine,
sur l'obscur, le clair, de ces chemins de lande,
le soir, devant
toi, gouffre du ciel.

De l'adultérin, charroyé jusqu'ici, sombrait
par-dessus le dos du cœur. Moulin-
de-mer moulait.

Aile-claire, tu étais suspendue le matin,
entre genêt et pierre,
petite phalène.

Noires, couleur
de phylactères, ainsi étiez-vous,
cosses
partageant les prières.

NACHMITTAG MIT ZIRKUS UND ZITADELLE

In Brest, vor den Flammenringen,
im Zelt, wo der Tiger sprang,
da hört ich dich, Endlichkeit, singen,
da sah ich dich, Mandelstamm.

Der Himmel hing über der Reede,
die Möwe hing über dem Kran.
Das Endliche sang, das Stete, –
du, Kanonenboot, heisst »Baobab«.

Ich grüßte die Trikolore
mit einem russischen Wort –
Verloren war Unverloren,
das Herz ein befestigter Ort.

APRÈS-MIDI AVEC CIRQUE ET CITADELLE

À Brest, face aux cercles de flammes,
sous la tente où bondissait le tigre,
j'ai entendu, finitude, ton chant,
et je t'ai vu, Mandelstam.

Le ciel au-dessus de la rade,
La mouette au-dessus de la grue.
Le fini chantait, le constant, –
Canonnière, ton nom : « Baobab ».

Je saluai le tricolore
avec une parole russe –
Perdu était Non-perdu,
le cœur une place forte.

BEI TAG

Hasenfell-Himmel. Noch immer
schreibt eine deutliche Schwinge.

Auch ich, erinnere dich,
Staub-
farbene, kam
als ein Kranich.

AU JOUR

Ciel peau-de-lapin. Et toujours
l'écriture d'une aile déchiffrable.

Souviens-toi, couleur
poussière :
moi aussi je suis venu
comme une grue.

KERMORVAN

Du Tausendgüldenkraut-Sternchen,
du Erle, du Buche, du Farn:
mit euch Nahen geh ich ins Ferne, –
Wir gehen dir, Heimat, ins Garn.

Schwarz hängt die Kirschlorbeertraube
beim bärtigen Palmenschaft.
Ich liebe, ich hoffe, ich glaube, –
die kleine Steindattel klafft.

Ein Spruch spricht – zu wem? Zu sich selber:
Servir Dieu est régner, – ich kann
ihn lesen, ich kann, es wird heller,
fort aus Kannitverstan.

KERMORVAN

Petite étoile de centaurée,
aulne, hêtre, et toi, fougère :
avec vous, proches, je vais au loin, —
lieu natal, tu nous prends au piège.

Laurier-cerise, en grappes noires suspendu
près du palmier au tronc barbu.
J'aime, j'espère, je crois, —
elle bée, la petite datte de mer.

Une devise parle — à qui donc ? À elle-même :
Servir Dieu est régner, — je peux
la lire, je peux, tout s'éclaire :
loin de J'peuxpascomprendre.

Ich habe Bambus geschnitten:
für dich, mein Sohn.
Ich habe gelebt.

Diese morgen fort-
getragene Hütte, sie
steht.

Ich habe nicht mitgebaut: du
weißt nicht, in was für
Gefäße ich den
Sand um mich her tat, vor Jahren, auf
Geheiß und Gebot. Der deine
kommt aus dem Freien – er bleibt
frei.

Das Rohr, das hier Fuß faßt, morgen
steht es noch immer, wohin dich
die Seele auch hinspielt im Un-
gebundnen.

J'AI COUPÉ DU BAMBOU :
pour toi, mon fils.
J'ai vécu.

Cette cabane, emportée
demain, elle
tient.

Je n'ai pas construit avec toi : tu
ne sais pas
dans quelles urnes je mettais
le sable autour de moi, il y a des années, sur
ordre et commandement. Le tien
vient de l'étendue libre — libre,
il demeure.

Le roseau, qui prend pied ici, demain
tiendra encore, où que tu sois,
au gré de ton âme, emporté, dans le non-
lié.

KOLON

Keine im Licht der Wort-
Vigilie erwanderte
Hand.

Doch du, Erschlafene, immer
sprachwahr in jeder
der Pausen:
für
wieviel Vonsammengeschiedenes
rüstest du's wieder zur Fahrt:
das Bett
Gedächtnis!

Fühlst du, wir liegen
weiß von Tausend-
farbenem, Tausend-
mündigem vor
Zeitwind, Hauchjahr, Herz-Nie.

KOLON

Dans la lumière des vigiles
de mots aucune main
gagnée par errance.

Mais toi, gagnée par sommeil, toujours
vraie de langue dans chacune
des pauses :
à quel prix
de divorcé d'ensemble
le prépares-tu pour un nouveau départ :
le lit
mémoire !

Sens, nous gisons
blancs d'une multi-
couleur, mille-
bouches à force de
vent-du-temps, souffle-année, cœur-jamais.

IV

WAS GESCHAH? Der Stein trat aus dem Berge.
Wer erwachte? Du und ich.
Sprache, Sprache. Mit-Stern. Neben-Erde.
Ärmer. Offen. Heimatlich.

Wohin gings? Gen Unverklungen.
Mit dem Stein gings, mit uns zwein.
Herz und Herz. Zu schwer befunden.
Schwerer werden. Leichter sein.

QU'EST-IL ARRIVÉ ? La pierre est sortie de la
montagne.
Qui s'est éveillé ? Toi et moi.
Langue, langue. Étoile-sœur. Terre-voisine.
Plus pauvre. Ouverte. Natale.

Où ça allait ? Vers du sonne-encore.
Avec la pierre, avec nous deux.
Cœur et cœur. Trouvé trop lourd.
Devenir plus lourd. Être plus léger.

IN EINS

Dreizehnter Feber. Im Herzmund
erwachtes Schibboleth. Mit dir,
Peuple
de Paris. *No pasarán.*

Schäfchen zur Linken: er, Abadias,
der Greis aus Huesca, kam mit den Hunden
über das Feld, im Exil
stand weiß eine Wolke
menschlichen Adels, er sprach
uns das Wort in die Hand, das wir brauchten, es war
Hirten-Spanisch, darin,

im Eislicht des Kreuzers »Aurora«:
die Bruderhand, winkend mit der
von den wortgroßen Augen
genommenen Binde – Petropolis, der
Unvergessenen Wanderstadt lag
auch dir toskanisch zu Herzen.

Friede den Hütten!

TOUT EN UN

Treize février. Dans la bouche du cœur
s'éveille un schibboleth. Avec toi,
Peuple
de Paris. *No pasarán.*

Petit mouton à gauche : lui, Abadias,
le vieillard de Huesca, venait avec les chiens
à travers champs, dans l'exil
se tenait, blanc, un nuage
de noblesse humaine, il nous dit
dans la main le mot qu'il nous fallait, c'était
de l'espagnol de berger, en lui,

dans la lumière de gel du croiseur « Aurore » :
la main de frère, faisant signe
avec le bandeau retiré
des yeux grands comme le mot — Pétropolis,
cité nomade des inoubliés, était
pour toi aussi toscane, à cœur.

Paix aux chaumières !

HINAUSGEKRÖNT,
hinausgespien in die Nacht.

Bei welchen
Sternen! Lauter
graugeschlagenes Herzhammersilber. Und
Berenikes Haupthaar, auch hier, – ich flocht,
ich zerflocht,
ich flechte, zerflechte.
Ich flechte.

Blauschlucht, in dich
treib ich das Gold. Auch mit ihm, dem
bei Huren und Dirnen vertanen,
komm ich und komm ich. Zu dir,
Geliebte.

Auch mit Fluch und Gebet. Auch mit jeder
der über mich hin-
schwirrenden Keulen: auch sie in eins
geschmolzen, auch sie
phallisch gebündelt zu dir,
Garbe-und-Wort.

Mit Namen, getränkt
von jedem Exil.
Mit Namen und Samen,
mit Namen, getaucht
in alle
Kelche, die vollstehn mit deinem
Königsblut, Mensch, – in alle
Kelche der großen

COURONNÉ DEHORS,
craché dehors dans la nuit.

Sous quelles
étoiles ! Seul
l'argent du cœur-marteau battu à gris. Et
la Chevelure de Bérénice, ici aussi, — j'ai tressé,
je tresse, je détresse.
Je tresse.

Gouffre de bleu, en toi
je repousse l'or. Avec lui aussi, celui
dissipé chez les catins et les filles,
je viens et je viens. Vers toi,
aimée.

Aussi avec blasphème et prière. Aussi avec
chacune, au-dessus de moi,
des massues vrombissantes : elles aussi
fondues en un, elles aussi
phallique nouée vers toi,
Gerbe-et-Parole.

Avec des noms, imbibés
de tout exil.
Avec noms et semences,
avec des noms, plongés
dans tous
les calices qui débordent
de ton sang royal, homme, — dans tous
les calices de la grande

Ghetto-Rose, aus der
du uns ansiehst, unsterblich von soviel
auf Morgenwegen gestorbenen Toden.

(Und wir sangen die Warschowjanka.
Mit verschilften Lippen, Petrarca.
In Tundra-Ohren, Petrarca.)

Und es steigt eine Erde herauf, die unsre,
diese.
Und wir schicken
keinen der Unsern hinunter
zu dir,
Babel.

rose du ghetto, depuis laquelle
tu nous regardes, immortel
de tant de morts sur les chemins des matins mortes.

(Et nous chantions la Varsovienne.
Du jonc aux lèvres, Pétrarque.
Aux oreilles de la toundra.)

Et monte une terre, la nôtre,
celle-ci.
Et nous n'envoyons
aucun des nôtres en bas,
vers toi,
Babel.

WOHIN MIR das Wort, das unsterblich war, fiel:
in die Himmelsschlucht hinter der Stirn,
dahin geht, geleitet von Speichel und Müll,
der Siebenstern, der mit mir lebt.

Im Nachthaus die Reime, der Atem im Kot,
das Auge ein Bilderknecht –
Und dennoch: ein aufrechtes Schweigen, ein Stein,
der die Teufelsstiege umgeht.

OÙ M'EST tombé le mot, qui était immortel :
dans le gouffre de ciel derrière le front ;
là s'en va, escortée d'Ordure et Crachat,
l'étoile septuple, qui vit avec moi.

Dans la maison de nuit les rimes, le souffle dans la merde,
l'œil, un valet d'images –
Et pourtant : un silence loyal, une pierre
qui évite la rampe du diable.

LES GLOBES

In den verfahrenen Augen – lies da:

die Sonnen-, die Herzbahnen, das
sausend-schöne Umsonst.
Die Tode und alles
aus ihnen Geborene. Die
Geschlechterkette,
die hier bestattet liegt und
die hier noch hängt, im Äther,
Abgründe säumend. Aller
Gesichter Schrift, in die sich
schwirrender Wortsand gebohrt – Kleinewiges,
Silben.

Alles,
das Schwerste noch, war
flügge, nichts
hielt zurück.

LES GLOBES

Dans les yeux fourvoyés — là, déchiffre :

les orbes du soleil, du cœur,
beauté-filante, le gratuit.
Les morts et tout
ce qui naît d'elles. La
chaîne des générations,
ici ensevelie,
ici suspendue encore, dans l'éther,
bordant des abîmes. L'écriture
de tous les visages, où s'est incrusté,
sifflant, un sable de mots — éternel minuscule,
syllabes.

Tout,
même le plus lourd, allait
voler, rien
ne retenait.

HUHEDIBLU

Schwer-, Schwer-, Schwer-
fälliges auf
Wortwegen und -schneisen.

Und – ja –
die Bälge der Feme-Poeten
lurchen und vespern und wispern und vipern,
episteln.
Geunktes, aus
Hand- und Fingergekröse, darüber
schriftfern eines
Propheten Name spurt, als
An- und Bei- und Afterschrift, unterm
Datum des Nimmermenschtags im September –:

Wann,
wann blühen, wann,
wann blühen die, hühendiblüh,
huhediblu, ja sie, die September-
rosen?

Hüh – on tue... Ja wann?

Wann, wannwann,
Wahnwann, ja Wahn, –
Bruder
Geblendet, Bruder
Erloschen, du liest,
dies hier, dies:

FLHUERISSENTLES

Lourd-, lourd-, lour-
daudement sur
les chemins et les layons des mots.

Et — oui —
les baudruches des poètes proscripteurs
vipèrent, vespèrent et vitupèrent, grenouillent,
épistolent.
Bave de crapaud, ou
tripe de main et de doigt, dans laquelle
loin de l'Écriture
le nom d'un prophète laisse sa trace, comme
agresse, commenteur, et post-hume post-face, datée
du jour de personne en septembre — :

Quand,
quand fleurissent, quand,
quand fleurissent les,
flhuerissentles, oui, les
roses de septembre ?

Hue — *on tue*… Mais quand ?

Quand, cancan,
où, fou, oui, fou —
frère
Aveuglé, frère
Éteint, tu lis
ceci, oui, ici :

Dis-
parates –: Wann
blüht es, das Wann,
das Woher, das Wohin und was
und wer
sich aus- und an- und dahin- und zu sich lebt, den
Achsenton, Tellus, in seinem
vor Hell-
hörigkeit schwirrenden
Seelenohr, den
Achsenton tief
im Innern unsrer
sternrunden Wohnstatt Zerknirschung? Denn
sie bewegt sich, dennoch, im Herzsinn.

Den Ton, oh,
den Oh-Ton, ah,
das A und das O,
das Oh-diese-Galgen-schon-wieder, das Ah-es-gedeiht,

auf den alten
Alraunenfluren gedeiht es,
als schmucklos-schmückendes Beikraut,
als Beikraut, als Beiwort, als Beilwort,
ad-
jektivisch, so gehn
sie dem Menschen zuleibe, Schatten,
vernimmt man, war
alles Dagegen –
Feiertagsnachtisch, nicht mehr, –:

dis-
parate — : quand
fleurit-il, le quand,
le d'où, le vers-où, et cela
et celui
qui vit à fond, à peine, à perte, à soi revit, le
ton axial, Tellus, dans
l'oreille de son âme
vibrant de clair-
audience, le
ton axial tout au fond
de notre demeure Contrition, ronde comme une
étoile. C'est
qu'elle tourne, pourtant, dans le sens du cœur.

Le ton, oh,
le oh-ton, ah,
le a et le o,
le oh-encore-ces-gibets, le ah-comme-ça-pousse-bien,

ça pousse,
sur les vieux champs de mandragores,
herbe superfétatoire,
épice, épithète, ou mot coupe-tête,
ad-
jectivement,
ils s'attaquent à l'homme, ombre,
dit-on, était tout remède —
rien d'autre qu'un dessert de fête — :

Frugal,
kontemporan und gesetzlich
geht Schinderhannes zu Werk,
sozial und alibi-elbisch, und
des Julchen, das Julchen:
daseinsfeist rülpst,
rülpst es das Fallbeil los, – call it (hott!)
love.

Oh quand refleuriront, oh roses, vos septembres?

Frugal,
contemporain et dans la loi,
Schinderhannes se met au travail,
social et alibi-elbique, et
la Juliette, sa Juliette :
elle rote, obèse d'exister,
la guillotine se met à roter, — call it (hott !)
love.

Oh quand refleuriront, oh roses, vos septembres ?

HÜTTENFENSTER

Das Aug, dunkel:
als Hüttenfenster. Es sammelt,
was Welt war, Welt bleibt: den Wander-
Osten, die
Schwebenden, die
Menschen-und-Juden,
das Volk-vom-Gewölk, magnetisch
ziehts, mit Herzfingern, an
dir, Erde:
du kommst, du kommst,
wohnen werden wir, wohnen, etwas

– ein Atem? ein Name? –

geht im Verwaisten umher,
tänzerisch, klobig,
die Engels-
schwinge, schwer von Unsichtbarem, am
wundgeschundenen Fuß, kopf-
lastig getrimmt
vom Schwarzhagel, der
auch dort fiel, in Witebsk,

– und sie, die ihn säten, sie
schreiben ihn weg
mit mimetischer Panzerfaustklaue! –,

geht, geht umher,
sucht,

FENÊTRE DE HUTTE

L'œil, sombre :
en fenêtre de hutte. Il rassemble,
ce qui était monde, reste monde : l'Est
errant, ceux
qui flottent, les
Hommes-et-Juifs,
le peuple-de-la-nuée, magnétique
il t'entraîne, terre,
avec ses doigts de cœur :
tu viens, tu viens,
demeure nous aurons, demeure, quelque chose

— un souffle ? un nom ? —

rôde dans le lieu orphelin,
balleresque, balourd,
l'aile
de l'ange, lourde d'invisible, à
son pied blessé, quelque chose
qu'arrime lest en tête
la grêle noire
qui tombait là-bas aussi, à Vitebsk,

— et eux, qui la semaient, ils
la biffent
de leur griffe mimétique de poing-bazooka !-,

quelque chose rôde, va alentour,
cherche,

sucht unten,
sucht droben, fern, sucht
mit dem Auge, holt
Alpha Centauri herunter, Arktur, holt
den Strahl hinzu, aus den Gräbern,

geht zu Ghetto und Eden, pflückt
das Sternbild zusammen, das er,
der Mensch, zum Wohnen braucht, hier,
unter Menschen,

schreitet
die Buchstaben ab und der Buchstaben sterblich-
unsterbliche Seele,
geht zu Aleph und Jud und geht weiter,

baut ihn, den Davidsschild, läßt ihn
aufflammen, einmal,

läßt ihn erloschen – da steht er,
unsichtbar, steht
bei Alpha und Aleph, bei Jud,
bei den andern, bei
allen: in
dir,

Beth, – das ist
das Haus, wo der Tisch steht mit

dem Licht und dem Licht.

cherche en bas,
cherche là-haut, loin, cherche
de l'œil, ramène
Alpha du Centaure, Arcturus, ramène
aussi le rayon, des tombes,

va vers Ghetto, vers Éden, cueille
et rassemble la constellation, dont lui,
l'homme, a besoin pour demeure, ici,
parmi les hommes,

passe en revue
les lettres et l'âme mortelle-
immortelle de ces lettres,
va vers Aleph et Youd et va plus loin,

le bâtit, le bouclier de David, le fait
s'embraser, une fois,

le fait s'éteindre — il est là,
invisible, il est
près d'Alpha et d'Aleph, près de Youd,
près des autres, près
de tout : en
toi,

Beth, — qui es
la maison où il y a la table avec

la lumière et la lumière.

DIE SILBE SCHMERZ

Es gab sich Dir in die Hand:
ein Du, todlos,
an dem alles Ich zu sich kam. Es fuhren
wortfreie Stimmen rings, Leerformen, alles
ging in sie ein, gemischt
und entmischt
und wieder
gemischt.

Und Zahlen waren
mitverwoben in das
Unzählbare. Eins und Tausend und was
davor und dahinter
größer war als es selbst, kleiner, aus-
gereift und
rück- und fort-
verwandelt in
keimendes Niemals.

Vergessenes griff
nach Zu-Vergessendem, Erdteile, Herzteile
schwammen,
sanken und schwammen. Kolumbus,
die Zeit-
lose im Aug, die Mutter-
Blume,
mordete Masten und Segel. Alles fuhr aus,

LES SYLLABES DOULEUR

Il s'offrait à Toi dans ta main:
un Tu, sans mort,
auprès duquel tout le Je revenait à soi. Autour
circulaient des voix sans mots, des formes vides, tout
passait en elles, mêlé,
démêlé,
et à nouveau
mêlé.

Et des nombres étaient
tissés dans
l'innombrable. Un, mille, et ce qui
devant, derrière,
était plus grand que soi, plus petit, mené
à terme, puis dans une métamorphose
à rebours et suivie,
transformé en un
jamais germinant.

De l'oublié harponna
du bientôt-oublié, parties du monde, parties du cœur
nageaient,
sombraient et nageaient. Colomb,
le colchique
dans l'œil, hors-temps, la fleur-
mère,
massacra mâts et voiles. Tout prit le large,

frei,
entdeckerisch,
blühte die Windrose ab, blätterte
ab, ein Weltmeer
blühte zuhauf und zutag, im Schwarzlicht
der Wildsteuerstriche. In Särgen,
Urnen, Kanopen
erwachten die Kindlein
Jaspis, Achat, Amethyst – Völker,
Stämme und Sippen, ein blindes

Es sei

knüpfte sich in
die schlangenköpfigen Frei-
Taue –: ein
Knoten
(und Wider- und Gegen- und Aber- und Zwillings-
und Tau-
sendknoten), an dem
die fastnachtsäugige Brut
der Mardersterne im Abgrund
buch-, buch-, buch-
stabierte, stabierte.

libre,
à la découverte,
la rose des vents s'épuisa en fleurs, s'effeuilla,
un océan
fleurit en masse et au jour, dans la lumière noire
de la déroute du gouvernail affolé. Dans des cercueils,
des urnes, des canopes,
s'éveillaient les petits enfants
Jaspe, Agathe, Améthyste — peuples,
tribus et familles, un aveugle

Soit-il

se noua dans
le cordage libre
à tête de serpent — : un
nœud
(contre-nœud, anti-nœud, non-nœud, jumeau et
multiple
nœud), auquel
la couvée aux yeux de nuit-carême
des étoiles-martre dans l'abîme
ép-, ép-, é-
pelait.

LA CONTRESCARPE

Brich dir die Atemmünze heraus
aus der Luft um dich und den Baum:

so
viel
wird gefordert von dem,
den die Hoffnung herauf- und herabkarrt
den Herzbuckelweg – so
viel

an der Kehre,
wo er dem Brotpfeil begegnet,
der den Wein seiner Nacht trank, den Wein
der Elends-, der Königs-
vigilie.

Kamen die Hände nicht mit, die wachten,
kam nicht das tief
in ihr Kelchaug gebettete Glück?
Kam nicht, bewimpert,
das menschlich tönende Märzrohr, das Licht gab,
damals, weithin?

Scherte die Brieftaube aus, war ihr Ring
zu entziffern? (All das
Gewölk um sie her – es war lesbar.) Litt es
der Schwarm? Und verstand,
und flog wie sie fortblieb?

LA CONTRESCARPE

Arrache la monnaie de ton souffle
à l'air autour de toi et l'arbre :

tant
est demandé à celui
que l'espoir par montées et descentes
charrie, sur le chemin bossu du cœur —
tant

au tournant,
où il rencontre la flèche du pain,
celle qui but le vin de sa nuit, le vin
des vigiles de misère,
de roi.

Les mains qui veillaient, ne venaient-elles aussi,
est-ce que ne venait pas
niché tout au fond de leur œil-calice, le bonheur ?
Est-ce que ne venait pas, cilié,
le roseau de mars au bruit humain, qui donnait
sa lumière,
autrefois, au loin ?

Le pigeon voyageur avait-il quitté sa volée,
son anneau était-il
à déchiffrer ? (toute la
nuée autour de lui — elle était lisible). Les autres
l'acceptèrent-ils ? Et comprirent,
et volèrent, quand il resta absent ?

Dachschiefer Helling, – auf Tauben-
kiel gelegt ist, was schwimmt. Durch die Schotten
blutet die Botschaft, Verjährtes
geht jung über Bord:

Über Krakau
bist du gekommen, am Anhalter
Bahnhof
floss deinen Blicken ein Rauch zu,
der war schon von morgen. Unter
Paulownien
sahst du die Messer stehn, wieder,
scharf von Entfernung. Es wurde
getanzt. (Quatorze
juillets. Et plus de neuf autres.)
Überzwerch, Affenvers, Schrägmaul
mimten Gelebtes. Der Herr
trat, in ein Spruchband gehüllt,
zu der Schar. Er knipste
sich ein
Souvenirchen. Der Selbst-
auslöser, das warst
du.

O diese Ver-
freundung. Doch wieder,
da, wo du hinmußt, der eine
genaue
Kristall.

Cale en pente comme un toit, — sur sa carène
de pigeons est posé ce qui nage. À travers le
cloisonnement
saigne le message, du suranné
passe jeune par-dessus bord :

Tu es venu
par Cracovie à l'Anhalter
Bahnhof
vers tes regards coulait une fumée
qui était déjà de demain. Sous
des paulownias
tu voyais les couteaux dressés, encore,
aiguisés par la distance. On
dansait. (*Quatorze*
juillets. Et plus de neuf autres.)
Guingois, Vers-de-singe, Gueule-de-travers
mimaient du vécu. Le Seigneur,
enveloppé dans une banderole,
s'approcha du groupe. Il se prit
une p'tite
photo-souvenir. Le déclencheur
automatique, c'était
toi.

Ô cette pro-
priation. Mais encore,
là où tu dois aller, l'unique
cristal
exact.

Es ist alles anders, als du es dir denkst, als ich es
mir denke,
die Fahne weht noch,
die kleinen Geheimnisse sind noch bei sich,
sie werfen noch Schatten, davon
lebst du, leb ich, leben wir.

Die Silbermünze auf deiner Zunge schmilzt,
sie schmeckt nach Morgen, nach Immer, ein Weg
nach Rußland steigt dir ins Herz,
die karelische Birke
hat
gewartet,
der Name Ossip kommt auf dich zu, du erzählst ihm,
was er schon weiß, er nimmt es, er nimmt es dir ab,
mit Händen,
du löst ihm den Arm von der Schulter, den rechten,
den linken,
du heftest die deinen an ihre Stelle, mit Händen, mit
Fingern, mit Linien,

– was abriß, wächst wieder zusammen –
da hast du sie, da nimm sie dir, da hast du alle beide,
den Namen, den Namen, die Hand, die Hand,
da nimm sie dir zum Unterpfand,
er nimmt auch das, und du hast
wieder, was dein ist, was sein war,

Windmühlen

stoßen dir Luft in die Lunge, du ruderst
durch die Kanäle, Lagunen und Grachten,

TOUT EST AUTREMENT que tu le crois, que je le crois,
le drapeau flotte encore,
les petits secrets sont encore à part soi,
ils jettent encore de l'ombre, dont
tu vis, je vis, nous vivons.

La pièce d'argent fond sur ta langue,
elle a goût de demain, de toujours, un chemin
vers la Russie monte dans ton cœur,
le bouleau carélien
a
attendu,
le nom d'Ossip vient à ta rencontre, tu lui racontes
ce qu'il sait déjà, il le prend, il t'en décharge, avec
des mains,
tu détaches le bras de son épaule, le droit, le gauche,
tu ajustes les tiens à leur place, avec des mains, des
doigts, des lignes,

— ce qui s'est arraché, à nouveau se rejoint —
là tu les as, prends-les, tu les as tous les deux,
le nom, le nom, la main, la main,
prends-les en gage,
cela aussi il le prend, et tu as
de nouveau ce qui est tien, fut sien,

des moulins à vent

te soufflent de l'air dans les poumons, tu rames
à travers les canaux, lagunes et grachts,

bei Wortschein,
am Heck kein Warum, am Bug kein Wohin, ein
Widderhorn hebt dich
– *Tekiah!* –
wie ein Posaunenschall über die Nächte hinweg in
den Tag, die Auguren
zerfleischen einander, der Mensch
hat seinen Frieden, der Gott
hat den seinen, die Liebe
kehrt in die Betten zurück, das Haar
der Frauen wächst wieder,
die nach innen gestülpte
Knospe an ihrer Brust
tritt wieder zutag, lebens-,
herzlinienhin erwacht sie
dir in der Hand, die den Lendenweg hochklomm, –

wie heißt es, dein Land
hinterm Berg, hinterm Jahr?
Ich weiss, wie es heißt.
Wie das Wintermärchen, so heißt es,
es heißt wie das Sommermärchen,
das Dreijahreland deiner Mutter, das war es,
das ists,
es wandert überallhin, wie die Sprache,
wirf sie weg, wirf sie weg,
dann hast du sie wieder, wie ihn,
den Kieselstein aus
der Mährischen Senke,
den dein Gedanke nach Prag trug,
aufs Grab, auf die Gräber, ins Leben,

à la lueur des mots,
à la poupe, pas de pourquoi, à la proue, pas de
vers-quoi, une corne de bélier te soulève
— *Tekiah!* —
comme un son de trompette par-dessus les nuits
jusque dans le jour, les augures
s'entredéchirent, l'homme
a sa paix, le dieu
la sienne, l'amour
revient dans les lits, la chevelure
des femmes repousse,
tourné vers le dedans,
le bourgeon de leur sein
éclôt à nouveau, se réveille, au long des
lignes de vie, lignes de cœur,
dans ta main, qui montait le chemin des flancs, —

comment s'appelle-t-il, ton pays
derrière les monts, derrière l'année?
Je sais comment il s'appelle.
Comme le conte d'hiver, il s'appelle,
il s'appelle comme le conte d'été,
le pays-des-trois-ans de ta mère, c'était lui,
c'est lui,
il émigre partout, comme la langue,
rejette-la, rejette-la,
et tu l'auras de nouveau, comme lui,
le caillou du
bassin Morave
que ta pensée portait à Prague
sur la tombe, sur les tombes, dans la vie,

längst
ist er fort, wie die Briefe, wie alle
Laternen, wieder
mußt du ihn suchen, da ist er,
klein ist er, weiß,
um die Ecke, da liegt er,
bei Normandie-Njemen – in Böhmen,
da, da, da,
hinterm Haus, vor dem Haus,
weiß ist er, weiß, er sagt:
Heute – es gilt.
Weiß ist er, weiß, ein Wasser-
strahl findet hindurch, ein Herzstrahl,
ein Fluß,
du kennst seinen Namen, die Ufer
hängen voll Tag, wie der Name,
du tastest ihn ab, mit der Hand:
Alba.

depuis longtemps il est parti, comme les lettres,
comme toutes
les lanternes, de nouveau
il faut que tu le cherches, le voilà,
petit il est, blanc,
il est tout à côté
auprès de Normandie-Niemen — en Bohême,
là, là, là,
derrière la maison, devant la maison,
blanc il est, blanc, il dit :
Aujourd'hui — pour de bon.
Blanc il est, blanc, un rayon
d'eau se fraye au travers, rayon de cœur,
un fleuve,
tu connais son nom, les berges
sont pleines de jour, comme le nom,
tu le palpes avec ta main :
Alba.

UND MIT DEM BUCH AUS TARUSSA

Все позты жиды
Marina Zwetajewa

Vom
Sternbild des Hundes, des, vom
Hellstern darin und der Zwerg-
leuchte, die mitwebt
an erdwärts gespiegelten Wegen,

von
Pilgerstäben, auch dort, von Südlichem, fremd
und nachtfasernah
wie unbestattete Worte,
streunend
im Bannkreis erreichter
Ziele und Stelen und Wiegen.

Von
Wahr- und Voraus- und Vorüber-zu-dir-,
von
Hinaufgesagtem,
das dort bereitliegt, einem
der eigenen Herzsteine gleich, die mazusspie
mitsamt ihrem un-
verwüstlichen Uhrwerk, hinaus
in Unland und Unzeit. Von solchem
Ticken und Ticken inmitten
der Kies-Kuben mit
der auf Hyänenspur rückwärts,
aufwärts verfolgbaren
Ahnen-
reihe Derer-

ET AVEC LE LIVRE DE TAROUSSA

Tous les poètes sont des youtres
Marina Tsvétaïeva

De
la constellation du Chien, de
son étoile plus claire, et de la lampe
naine qui tisse avec elle
des chemins reflétés vers la terre,

de
bâtons de pèlerins, là aussi, du Sud, étranger
et proche par fibre de nuit
comme des mots sans sépulture,
rôdant
dans le cercle où agit le ban
des buts atteints, stèles et berceaux.

Du
dit-vrai, dit-par-avance, dit-passant-outre, -à-toi,
du
dit-vers-le-haut
qui reste prêt là, pareil
à l'une des propres pierres-cœur, qu'on a crachées
avec leurs in-
destructibles rouages, dehors,
dans du non-pays et non-temps. D'un tel
tic-tac au milieu
des cubes de gravier avec
celle qu'on peut suivre sur une trace d'hyène
en reculant,
montant, l'ancestrale
lignée de Ceux-

vom-Namen-und-Seiner
Rundschlucht.

Von
einem Baum, von einem.
Ja, auch von ihm. Und vom Wald um ihn her. Vom Wald
Unbetreten, vom
Gedanken, dem er entwuchs, als Laut
und Halblaut und Ablaut und Auslaut, skythisch
zusammengereimt:
im Takt
der Verschlagenen-Schläfe,
mit
geatmeten Steppen-
halmen geschrieben ins Herz
der Stundenzäsur – in das Reich,
in der Reiche
weitestes, in
den Großbinnenreim
jenseits
der Stummvölker-Zone, in dich
Sprachwaage, Wortwaage, Heimat-
waage Exil.

Von diesem Baum, diesem Wald.

Von der Brücken-
quader, von der
er ins Leben hinüber-
prallte, flügge
von Wunden, – vom
Pont Mirabeau.

du-Nom-et-de-Son
Gouffre-Rond.

D'un
arbre, d'un.
Oui, de lui aussi. De la forêt autour de lui. De la forêt
Inviolé, de la
pensée, dont il naquit : son,
mi-son, altéré, final, à la scythe
rimés ensemble,
au rythme
battant de la tempe des Échoués,
avec
le chaume respiré
des steppes écrit au cœur
de la césure des heures — dans le royaume,
dans le plus vaste
des royaumes, dans
la grande rime intérieure
au-delà de
la zone-des-peuples-muets, en toi
balance de la langue, de la parole, du lieu natal,
balance exil.

De cet arbre, cette forêt.

De la dalle
du pont, d'où
il a rebondi
trépassé dans la vie, volant
de ses propres blessures, — du
Pont Mirabeau.

Wo die Oka nicht mitfließt. Et quels
amours! (Kyrillisches, Freunde, auch das
ritt ich über die Seine,
ritts übern Rhein.)

Von einem Brief, von ihm.
Vom Ein-Brief, vom Ost-Brief. Vom harten,
winzigen Worthaufen, vom
unbewaffneten Auge, das er
den drei
Gürtelsternen Orions – Jakobs-
stab, du,
abermals kommst du gegangen! –

zuführt auf der
Himmelskarte, die sich ihm aufschlug.

Vom Tisch, wo das geschah.

Von einem Wort, aus dem Haufen,
an dem er, der Tisch,
zur Ruderbank wurde, vom Oka-Fluß her
und den Wassern.

Vom Nebenwort, das
ein Ruderknecht nachknirscht, ins Spätsommerohr
seiner hell-
hörigen Dolle:

Kolchis.

Où l'Oka ne coule pas. *Et quels*
amours ! (oui mes amis, du cyrillique aussi
j'ai chevauché par-dessus la Seine,
chevauché par-dessus Rhin.)

D'une lettre, d'elle.
De la lettre-une, lettre-d'Est. D'un dur,
tout petit tas de mots, de
l'œil sans armes qu'il conduit
jusqu'aux trois
étoiles du Baudrier d'Orion — Bâton
de Jacob, toi,
de nouveau tu t'en reviens ! —

sur la carte du ciel, à lui ouverte.
De la table, où c'est arrivé.

D'un mot, sorti du tas,

auprès duquel la table
devint banc de rameurs, depuis la rivière Oka
et les eaux.

Du mot voisin, qu'un
galérien grince dans l'oreille de fin d'été
de son tolet, son
oreille claire :

Colchis.

IN DER LUFT, da bleibt deine Wurzel, da,
in der Luft.
Wo sich das Irdische ballt, erdig,
Atem-und-Lehm.

Groß
geht der Verbannte dort oben, der
Verbrannte: ein Pommer, zuhause
im Maikäferlied, das mütterlich blieb, sommerlich,
hell-
blütig am Rand
aller schroffen,
winterhart-kalten
Silben.

Mit ihm
wandern die Meridiane:
an-
gesogen von seinem
sonnengesteuerten Schmerz, der die Länder
verbrüdert nach
dem Mittagsspruch einer
liebenden
Ferne. Aller-
orten ist Hier und ist Heute, ist, von Verzweiflungen
her,
der Glanz,
in den die Entzweiten treten mit ihren
geblendeten Mündern:

der Kuß, nächtlich,
brennt einer Sprache den Sinn ein, zu der sie erwachen,
sie –:

EN L'AIR, là reste ta racine, là,
en l'air.
Où le terrestre se ramasse, terreux,
Souffle-et-Limon.

Grand
s'en va là-haut le Banni, le
Brûlé : un Poméranien, chez lui
dans la chanson des hannetons, qui restait d'été,
maternelle, de sang
clair au bord
de toutes les abruptes,
dures d'hiver, froides
syllabes.

Avec lui
se déplacent les méridiens :
as-
pirés par sa
douleur que dirige le soleil, qui rend frères les pays à
la parole de midi d'un
lointain
aimant. En tous
lieux, c'est Ici, c'est Aujourd'hui, c'est, venu des
désespoirs,
l'éclat,
dans lequel entrent les Partagés avec leurs bouches
aveuglées :

le baiser, de nuit,
imprime la brûlure du sens dans une langue, à laquelle
ils s'éveillent, eux — :

heimgekehrt in
den unheimlichen Bannstrahl,
der die Verstreuten versammelt, die
durch die Sternwüste Seele Geführten, die
Zeltmacher droben im Raum
ihrer Blicke und Schiffe,
die winzigen Garben Hoffnung,
darin es von Erzengelfittichen rauscht, von
Verhängnis,
die Brüder, die Schwestern, die
zu leicht, die zu schwer, die zu leicht
Befundenen mit
der Weltenwaage im blut-
schändrischen, im
fruchtbaren Schoß, die lebenslang Fremden,
spermatisch bekränzt von Gestirnen, schwer
in den Untiefen lagernd, die Leiber
zu Schwellen getürmt, zu Dämmen, – die

Furtenwesen, darüber
der Klumpfuß der Götter herüber-
gestolpert kommt – um
wessen
Sternzeit zu spät?

rentrés chez eux
dans l'étrangeté du ban sans lieu
qui rassemble les Dispersés, ceux
qui sont conduits à travers Âme, désert étoilé, les
faiseurs-de-tentes là-haut dans l'espace
de leurs regards et navires,
les minuscules gerbes d'espoir,
toutes bruissantes d'ailes d'archange, de fatalité,
les frères, les sœurs, ceux
trouvés trop légers, trop lourds, trop légers
avec
la balance des mondes dans l'incestueux
fertile
sein, les étrangers-toute-leur-vie,
couronnés d'une semence d'étoiles, lourdement
couchés dans les bas-fonds, leurs corps
amoncelés en bancs, en digues, — les

êtres-gués, que
le pied bot des dieux franchit
en trébuchant — du
temps sidéral
de qui trop tard ?

Postface

La Rose de personne

La rose est à l'intersection de nombreuses déterminations intertextuelles. On pourrait commencer à évoquer le lieu où elle surgit à l'aide d'un puzzle de citations. Ces citations sont très diverses. Aucune référence ne prévaut, même si certaines semblent plus évidentes. Aucune possibilité n'annule les autres, en tout cas. Mais comment trancher avec certitudes ?

> «Rabbi Hizqiya ouvrit une de ses conférences par l'exorde suivant: Il est écrit: Telle est la rose entre les épines, telle est ma bien-aimée entre les filles. Que désigne le *mot* rose ? Il désigne la communauté d'Israël.
> De même que ta rose est rouge et blanche, de même Israël subit tantôt la rigueur et tantôt la clémence.
> Et de même que la rose est pourvue de pétales, de même Israël est environnée de treize voies de miséricorde.»
>
> Le Zohar.

> «La rose est sans pourquoi, elle fleurit parce qu'elle fleurit,
> N'a souci d'elle-même, ne désire être vue.»
>
> Angelus Silesius.

« Rose, toi pure contradiction, délice de n'être le sommeil de personne, sous tant de paupière. »

Rainer Maria Rilke.

« Vive la rose vivante ! », mot d'ordre de l'acméisme, et « roses » de tant de vers de

Mandelstram.

« Tout ce qui fleurit s'est fané
Il ne reste plus que deux objets :
Le vide et le moi stigmatisé. »

Gottfried Benn.

« La parole est la fleur de la bouche. En elle fleurit la terre la rencontre du ciel. »

Heidegger.

« Or, que dit le mot φύσις ? Il dit ce qui s'épanouit de soi-même (par exemple l'épanouissement d'une rose), le fait de se déployer en s'ouvrant, et, dans un tel déploiement, de se tenir dans cet apparaître et d'y demeurer, bref il dit la perdominance perdurant dans un s'épanouir. »

Heidegger

La métaphore de la rose est fondatrice : elle donne son titre au livre, qui se construit autour de ses métamorphoses significatives. Cette rose n'est pas la rose générique, mais une rose déterminée. Cette rose est dite « de personne », elle appartient à ~~quelqu'un~~, même si la relation de possession est aussitôt niée (« personne »). Avant même de chercher à cerner ce que recouvre ce « personne », on notera que la relation de possession, même et surtout négative, invite à lire dans la rose le geste du don. La dédicace. Mais le mouvement le plus essentiel de la poésie de Celan n'est-il pas : il faut que quelque chose se transmette – que quelque chose aille vers ? « Les poèmes, en ce sens également, sont en chemin : ils font route vers quelque chose. Vers quoi ? Vers quelque lieu ouvert, à occuper, vers un toi invocable, vers une réalité à invoquer » (*Le Discours de Brême*).

La rose est ce qui se transmet au cours du livre du même nom. Ce qui se déplace. Aussi plus que symbole, est-elle allégorie (selon l'étymologie transport dans l'ailleurs). Le symbole, avec la rose, se détraque : un seul signifiant, mais un glissement infini de significations. Même si ça peut être long, ou lassant, il faut suivre dans le livre le destin de la rose, on nouera tous les fils du texte, on croisera tous les axes du sens. Surtout, on mesurera tout le chemin parcouru, de la première à la quatrième section. Les métamorphoses de la rose prouveront que le livre fait ce qu'il dit qu'il fait, que sa composition est un trajet, un itinéraire. Il est une quête, et il trouve quelque chose ou arrive quelque part. Son point d'arrivée est un aboutissement. À la fin, quelque chose s'est transmis, quelque chose a changé. Cela, il ne faudra jamais l'oublier.

La rose du psaume

La fleur celanienne, comme « rose de personne », se lie d'abord au motif de l'absence de Dieu. C'est le poème *Psaume* qui l'introduit, justifiant le titre. Mais il est impossible de le lire sans se souvenir avec précision de deux poèmes qui le précèdent dans le recueil. Il s'agit du poème inaugural. *Il y avait de la terre en eux,* qui introduit le mot « personne », et de *Zurich, Zum Storchen*, où Celan relate un entretien sur le judaïsme avec Nelly Sachs. Ces textes permettront de mieux cerner la valeur de révolte qui reste présente au cours du psaume, où « la rose fleurit pour l'amour de toi / contre toi ». La forte asyndète dit mieux que tout adversatif que c'est inséparablement. La profonde ambivalence, entre « blasphème et prière[1] », de la position religieuse de Celan et, partant, du psaume étant aussi à resituer sur l'arrière-fond d'une poétique qui, toujours, maintient ensemble les contraires :

> Sprich –
> Doch scheide das Nein nicht vom Ja.
>
> Parle –
> Mais ne sépare pas le non du oui[2].

Paul Celan se réfère surtout au Dieu absent, innommé : Personne. « Celui qui parle des profondeurs de son néant. » S'il s'inscrit ainsi dans la tradition la plus secrète de la mystique juive, sa théologie négative, l'*En-Sof* de la Kabbale, *deus absconditus*, s'opposant au Dieu personnel de la Bible, c'est l'absurdité, la cruauté du destin juif qui semble l'y contraindre. Encore plus, ici, maintenant : après Auschwitz.

Il n'est guère possible d'en douter, dès le premier poème du livre. Une autocitation de *Todesfuge*[3] vient souligner durement la référence, historique et précise. « Ils creu-

1. *Couronné dehors*, *La Rose de personne*, p. 111.
2. *Sprich auch du*, *Von Schwelle zu Schwelle*, GW I, p. 135 (les textes de Celan n'appartenant pas au recueil *La Rose de personne* seront toujours cités d'après la nouvelle édition Suhrkamp, *Gesammelte Werke in fünf Bänden*, Francfort-sur-le-Main, 1983, en abrégé GW suivi du tome et de la page).
3. Poème de jeunesse de Celan, allusion directe à l'Allemagne des camps de la mort. GW I, p. 41. Une traduction française (par Jean-Pierre Lefebvre) a été publiée dans le catalogue de l'exposition *Vienne 1880-1930*, centre Georges-Pompidou, 1986.

saient et creusaient » : comme les déportés leur tombe (*Grab*). Dans l'acte de creuser (*graben*), à quoi reviennent toutes les actions humaines, toutes les personnes s'équivalent et finissent par s'effacer devant le neutre. Si on sait lire le glissement des pronoms personnels, difficile à traduire, le français ignorant le neutre, le néant devient sujet d'énonciation (« *Ich grab, du gräbst, und es gracht auch der Wur / mund das Singende dort sagt : Sie graben* – Je creuse, tu creuses, il creuse aussi le ver, / et ce qui chante là-bas dit : ils creusent. ») Ce poème, où « personne » apparaît pour la première fois, réalise aussi, d'une certaine façon (quand tous les vains actes des hommes sont ramenés au fait de creuser une tombe), ce qu'opère linguistiquement ce mot dans une phrase, quand il est sujet[1] : l'annulation de l'action par la disparition de l'agent. Tout mouvement qui porterait le « Je » rie poème vers un « Tu » divin, dès l'entrée du recueil, est condamné, Ce « Tu » qui jamais ne répond, si rudement qu'on le questionne, est mis en place de non-personne, par une perversion de la valeur des pronoms[2]. Se porter vers lui, creusant la propre terre interne, c'est rejoindre le vide, la mort :

O einer, o keiner, o niemand, o du:
Wohin gings, da's nirgendhin ging?
O du gräbst und ich grab, und ich grab mich dir zu,
und am Finger erwacht uns der Ring.

Ô un, ô nul, ô personne, ô toi :
Où ça allait, si vers nulle part ?
O tu creuses et je creuse, je me creuse jusqu'à toi –
à notre doigt l'anneau s'éveille.

1. « Personne ne... », par exemple comme au début de *Psaume* : « Personne ne nous repétrira de terre et de limon. » Voir p. 35.

2. Voir Benveniste, *Problèmes de linguistique générale*, Gallimard, 1969, t. I, p. 225-227.

Tragique alliance. Comment louer le Dieu qui a « su et voulu » le mal ? Quelques pages plus loin, un autre poème, *Zurich, Zum Storchen*, marque bien l'ambiguïté fondamentale de la foi juive de Celan. En face de Nelly Sachs l'orthodoxe, avec laquelle il partage la « *Jiddischkeit* » – clin d'œil à propos du monde « goy » adverse (« *das / Münster stand drüben* – la / cathédrale était sur l'autre bord »), il est l'avocat du diable. Choisissant de *parler contre* Dieu, il veut bien espérer encore. Mais de quel espoir, en cette parole dont le sens suprême se râle dans le râle des mourants (« *auf / sein höchtes, umröcheltes, sein / haderndes Wort* »). Pourtant, le poème conclut sur un dernier retournement. La sagesse, cela est suggéré, est du côté de Nelly Sachs, qui dit les voies impénétrables de la providence :

Dein Aug sah mir zu, sah hinweg.
dein Mund
sprach sich dem Aug zu, ich hörte:

Wir
wissen ja nicht, weißt du,
wir
wissen ja nicht,
was
gilt.

Ton œil me regarda, vit plus loin
ta bouche
se fit entendre l'œil, j'entendis :

Mais nous
ne savons pas, tu sais,
mais nous ne savons pas
quoi
compte.

On peut mieux lire, désormais, la valeur oxymorique, ironique et tragique à la fois, de la rose, telle que la présente *Psaume*. Ce poème, capital en ce qu'il introduit le motif du titre, *mérite d'être étudié* en détail :

Niemand knetet uns wieder au Erd und Lehm,
niemand bespricht unsern Staub.
Niemand.

Gelobt seist du, Niemand.
Dir zulieb wollen
wir blühn.
Dir
eutgegen.

Ein Nichts
waren wir, sind wir, werden
wir bleiben, blühend:
die Nichts-, die
Niemandsrose.

Mit
dem Griffel seelenhell,
dem Staubfaden himmelswüst,
der Krone rot
vom Purpurwort, das wir sangen
über, o über
dem Dorn.

Personne ne nous repétrira de terre et de limon,
personne ne bénira notre poussière.
Personne.

Loué sois-tu, Personne.
Pour l'amour de toi nous voulons
fleurir.
Contre
toi.

Un rien
nous étions, nous sommes, nous
resterons, en fleur:
la rose de rien, de
personne.

Avec
le style clair d'âme,
l'étamine désert-des-cieux,
la couronne rouge
du mot de pourpre que nous chantions
au-dessus, au-dessus de
l'épine.

Le *Psaume* de Celan évoque plusieurs des Psaumes de David, et en particulier celui-là (Ps 103):

[Dieu]
Il sait de quoi nous sommes pétris,
il se souvient que poussière nous sommes.

L'homme! ses jours sont comme l'herbe,
comme la fleur des champs il fleurit.

C'est donc au topos biblique de la fragilité, du néant de l'homme et de son existence, qui s'inscrit dans des mots comme «poussière», mais aussi «fleurir», qu'il faut rapporter, entre autres, la fleur celanienne, «*die Nichts-, die Niemandsrose*», Mais, à la différence de la Bible, est du même coup évoquée une possible absence de Dieu.

Je commencerai par suivre le devenir du mot «Personne» dans le poème. Dans la première strophe, il apparaît sous la forme d'un «personne ne» (pas d'agent pour cette action), et n'exprime donc que la négation. Celui qui pourrait refaire la création de l'homme, celui-là, Dieu s'il existait, est absent. *Le poème* ne dit pas s'il en a toujours été ainsi, s'il doute du Créateur de la Genèse. Il dit seulement que Dieu est absent aujourd'hui. La nécessité d'une seconde création demeure énigmatique, comme si l'homme et le monde étaient encore à justifier. Peut-être à cause d'une faute nouvelle, plus grave que la faute originelle.

À la deuxième strophe, un renversement se produit : « Loué sois-tu, Personne. » Une majuscule transforme le pronom indéfini en nom d'un Dieu impossible à nommer, mais cependant invoqué (comme dans le premier poème du livre). On notera que c'est l'invocation, donc le mouvement de l'homme, en dépit de tout, vers Dieu, qui positive « personne », faisant surgir quelqu'un. Alors le poème, action de grâces, louange, sans cesser d'être une imprécation, devient vraiment un psaume. Le « Loué sois-tu » ambigu ne peut annuler le « ils ne louaient pas Dieu » du premier poème, il l'inclut comme son ombre ironique. Aussi la rose fleurit-elle « pour l'amour de toi / contre toi ». « Contre toi » tente de traduire « *dir entgegen* » : à ta rencontre, mais aussi à ton encontre. On comprendra ainsi d'autant mieux qu'« *entgegenstehen* » revient dans le livre au sens de « taire face, affronter » (*Mandorla*).

Psaume fait jouer l'ambiguïté du « *Niemand* » qui oblige à lire de plusieurs façons le titre du livre. Cette ambiguïté est au moins double. Personne avec ou sans majuscule. Personne négatif ou positif. Pour comprendre, un passage par le français est peut-être nécessaire. Bien voir que d'un bout à l'autre du livre, les marques s'échangent dans une sorte de chiasme. On a vu que la majuscule dans un premier temps positivait, créant le quelqu'un. Mais de ce Personne qui est un et aucun, ou du « nous » anonyme, lequel est Dieu ? En effet, à la deuxième strophe du *Psaume*, un « nous » apparaît, évoquant une communauté dont le rapport au non-être n'empêche ni l'existence ni la permanence et peut-être les fonde.

À la troisième strophe apparaît la rose. Fleurissant, entre acceptation et révolte, pour la gloire du Dieu-Néant incompréhensible, sans cesser d'être *rosa mystica*, elle est fleur de l'absurde « dans le Non très-haut fleurissant, dans la Couronne[1] ».

Nichtsrose, où le « *nichts* » peut être qualifiant. Rose-rien, rose du rien, rose du Rien. Floraison belle d'être vaine ici, qu'aucun sacré ne fonde. Ailleurs dans le livre la fleur est dite assez souvent « *wild* », sauvage. « *Wild* » qualifiant la rose semble synonyme de sans fondement, sans justification ni garant.

Niemandsrose, où il y a « *Niemand* » et « *niemand* ». Dans le passage de l'un à l'autre, le trajet du livre, son mouvement universalisant : dire que la rose n'est à personne implique sans doute qu'elle est à tous. Ce mouvement désacralise : plus tard la rose mystique deviendra « églantine banale », dans des « mains-de-tout-le-monde »[2]. À dire vrai, tout cela s'annonce seulement dans *Psaume*, avec l'apparition du « nous ». Pour en prendre l'exacte mesure, il faut avoir lu l'ensemble du livre, et en particulier les poèmes de la quatrième section.

Il est difficile de ne jamais anticiper, tant le livre est construit. Mais revenons strictement au poème. Vocation de la rose, nous-mêmes ici-bas, « *für-niemand-und-nichts-srehen*[3] », *fleurir*. Une rose du rien se dédie à personne. Un néant humain rencontre, et contre, l'absence du répondant divin.

1. GW II, p. 138.
2. *La Rose de personne*, p. 85.
3. GW II, p. 23.

J'ai tenu à privilégier, comme Celan le fait lui-même, la marque juive. Mais il est évident qu'avec la fleur du Psaume Maître Eckhart et Heidegger sont aussi présents. « Néant », « fleurir », sont des mots d'Eckhart, chez qui la déité est l'abîme et le sans-fond de Dieu. « Néant incréé » qui ne peut rencontrer ce « néant créé » qu'est l'homme, sans que « cela lui coûte tous ses noms divins et la propriété de ses personnes » [1].

Quant à Heidegger, chez qui l'être est ce qui fait surgir l'étant du néant, il fait de la rose, à cause d'un distique de Silesius, lui-même influencé par Eckhart (« sans pourquoi »), la métaphore d'une donation de présence sans fondement ni fond. J'en reparlerai à propos du poème *Radix, Matrix*. Mais c'est toujours au moment où Celan semble le plus proche de Heidegger, dont bien des énoncés travaillent ses textes dans la lettre, mais toujours détournés dans un autre champ, qu'il s'en tient le plus éloigné, sa pensée, sur bien des choses essentielles, étant autre. Celan ne renonce jamais au sujet, celui-ci ne subit pas, dans la « sérénité » ou la « *Gelassenkeit* », un destin qui lui advient de l'être. Le « fleurir » du *Psaume*, il faut le souligner, est un vouloir-fleurir, et un fleurir contre. Il rappelle le *bäumen* de l'arbre juif qui se cabrait, dans le poème *Un air de filous et de brigands*. Contre la peste.

Je passe à la dernière strophe du poème. Mon commentaire va surtout s'articuler autour de trois motifs. L'apparition du mot « couronne », si fréquent dans le contexte de la rose. Son lien avec le « Roi » (évoqué par le « mot de pourpre », le « *Purpurwort* »). Le sens enfin

1. Maître Eckhart, *Sermons I*, traduction de Jeanne Ancelet-Hustache, Seuil, 1974, p. 56.

de l'allusion au Christ. Les trois motifs sont étroitement noués, puisque la couronne d'épines, qui est celle de la Passion, reste tout de même royale. Elle est aussi la corolle de la rose, rouge sang, royalement pourpre.

La « couronne » apparaît souvent dans le voisinage de la rose. Le mot mérite qu'on s'y arrête, même si on s'écarte un moment du poème. J'ai choisi de traduire, ainsi, perdant, avec l'autre sens du *Krone* allemand, celui de « corolle », un peu de motivation, à cause de la référence à la tradition juive. La Couronne est la première des Séphiroth, ou attributs (manifestes) du Dieu caché. Pour certains Kabbalistes, elle va jusqu'à se confondre avec l'*En-Sof* lui-même. C'est la Couronne qui enserre au plus près le centre : le Dieu manquant à son trône de *Mandorla*. La Couronne, qui manifeste la majesté du Roi – « majesté de l'absurde[1] » –, n'est donc pas autre chose que la gloire ovale, la mandorle : « amande vide », « bleu roi ». Amande comme l'œil, noir en son centre vide. Ici, le réseau des métaphores se recoupe, rapprochant la fleur aux épines du fruit amer de l'arbre juif. Se recoupe aussi le réseau des symboles. Dans la Kabbale, nourri d'invisible néant par sa « racine de toutes les racines », l'arbre est celui des Séphiroth : Dieu quand il devient visible. Soit la partie immanente de la divinité :

> Gott, das lasen wir, ist
> ein Teil und ein zweiter, zerstreuter:
> im Tod
> all der Gemähten
> wächst et sich zu.

1. *Le Méridien*.

Dieu, nous l'avons lu, est
une partie et une deuxième, éparse :
dans la mort
de tous ceux fauchés
sur soi il se referme[1].

À son dévoilement, Celan donne toujours le sens le plus tragique : c'est dans l'histoire cruelle de l'homme, du Juif qu'il est révélé. Non-sens de l'histoire, vision du rien où l'on s'abîme. D'où la force du rapport que certains poèmes établissent entre la rose et l'abîme. Mais là-dessus on reviendra. À la fin de *Radix, matrix*, la couronne, inversée, devient abîme circulaire, « gouffre rond » :

auch dieser	ce sol
Fruchtboden klafft,	à fruits aussi est béant,
dieses	ce
Hinab	tombe-en-bas,
ist die eine der wild-	l'une des couronnes de la
blühenden Kronen	fleur sauvage.

Mais qui porte la couronne, qui est le « Roi » ? Ce mot, ou l'adjectif « royal », apparaît souvent, j'ai déjà suggéré que Celan, par tout le travail de son livre, tendait à l'arracher à ce qu'il signifie dans la mystique juive, « Dieu trônant dans sa gloire ». Ce trône-là, on le sait, est vide (*Mandorla*).

Dans *Psaume*, c'est la royauté d'un chant qui met au-dessus de la misère « la couronne rouge / du mot de pourpre que nous chantions / au-dessus, au-dessus de / l'épine ».

Celui qui souffre, et que sa souffrance couronne, c'est le Juif comme Christ, mais aussi le psalmiste – le poète. Le dit également le mot « *Griffel* » qui apparaît au début

1. *La Rose de personne*, p. 21.

de la strophe. Il désigne le pistil de la rose, mais évoque tout aussi bien *le stylet*, le style, de l'écrivain. Fleurir est son acte, la rose sanglante son chant, blessé par l'épine, et tendu au-dessus d'elle. Mais ici la voix du poète se confond avec celle du « nous » anonyme – les Juifs, « image multipliée du Christ[1] » en sa Passion.

Comme John E Jackson l'a montré, chez Celan, le Christ du « *Eli, Eli, lamma sabact'anni* » fonctionne comme une allégorie du Juif trahi. J'ajouterai qu'il se rapproche de la figure du Roi, pas seulement à cause de la couronne : comme chiasme entre Dieu et l'homme. Christ : Dieu fait homme au moment où il souffre. Cet énoncé peut être renversé, quand le Juif incarne le seul Christ. Le fait sans doute plus clairement que *Psaume* un texte de la fin du livre, dans le poème *Hinausgekrönt*, par le sacrifice accompli dans les « calices » de la « grande rose du Ghetto », Dieu est découronné, et l'homme couronné roi.

Pour ce qui est du *Psaume*, il y a encore une référence au Nerval des *Chimères*, qui éclaircit sans doute la valeur mystique de la rose, et le sens de l'allusion au Christ. On sait que le poème *Artémis* est construit autour de l'image de la rose mystique, trémière, violette, ou blanche :

> Rose au cœur violet, fleur de sainte Gudule :
> As-tu trouvé ta croix dans le désert des cieux ?

C'est pour souligner ce rapport, qui me semble assez évident. en l'inscrivant dans la version, que j'ai traduit « désert-des-cieux » le mot « *himmelswüst* » de Celan, qui

1. John E. Jackson, *La Question du moi*, la Baconnière, Neuchâtel, 1978, p. 202.

qualifie l'étamine (« *Staubfaden* » en décomposant, « fil de poussière ») de la rose. Les motifs de l'absence divine (« *himmelswüst* ») et du néant humain (« *Staub* ») s'unissant une dernière fois.

Dans un autre poème des *Chimères*, suite de quatre sonnets, c'est le Christ lui-même qui apprend à l'humanité, dont il porte toute la révolte, la mauvaise nouvelle de la mort de Dieu. *Le Christ aux Oliviers*[1] s'inspire du *Discours du Christ mort* de Jean-Paul (un auteur particulièrement cher à Celan) dont il porte ces vers en exergue :

> Dieu est mort ! Le ciel est vide…
> Pleurez, enfants, vous n'avez plus de père.

Le dernier des quatre sonnets de Nerval se termine sur ces vers, qui. me semblent jeter un jour singulier sur le début du *Psaume*, et peut-être aussi sur la valeur du mot « personne » :

> Mais l'oracle invoqué pour jamais dut se taire ;
> Un seul pouvait au monde expliquer ce mystère
> Celui qui donna l'âme aux enfants du limon.

Il faut s'arrêter longuement sur le rapport tenu entre la rose et l'abîme, dès avant la « *Kluftrose* » qui réapparaîtra dans un poème de *Atemwende*. On s'appuiera surtout sur *Radix, Matrix* : poème magnifique, mais dont l'interprétation est difficile[2]. Que la rose ait rapport à l'abîme

1. Werner Harmacher a également pensé à cette référence au *Christ au mont des Oliviers* de Nerval, à propos d'un autre poème, dans une note qu'il m'a fait parvenir, mais que je n'ai pu finalement intégrer à son texte « La seconde de l'inversion », in *Contre-jour. Etudes sur Paul Celan*, Editions du Cerf, 1986.

2. Je ne prétends pas épuiser le sens de ce poème, que je n'envisage ici que du point de vue des rapports de la rose et de l'abîme.

découle déjà de sa définition du *Psaume, « die Nichts-, die Niemandsrose »,* rose de rien et de personne.

Avec la rose de l'abîme, il est difficile de ne pas penser à un distique célèbre du mystique Angelus Silesius qu'on trouve dans un grand nombre d'anthologies en Allemagne :

> Die Ros' ist ohn' Warum; sie blühet weil sie blühet,
> Si acht't nicht ihrer selbst, fragt nicht, ob man sie siehet.

> La rose est sans pourquoi, elle fleurit parce qu'elle fleurit,
> N'a souci d'elle-même, ne désire être vue.

La présence de l'expression « sans pourquoi », dans un poème du livre, *Tout est autrement*, confirme sans doute le rapport (« *am Heck kein Warum* – pas de pourquoi à la poupe », écho au « *totes warum* – pourquoi mort » d'un poème de *Sprachgitter*). C'est bien le « sans pourquoi » que Celan exprime quand il dit que la rose est « *wild* », sauvage. Ici, dans *Radix, Matrix : « die wildblühenden Kronen »*, corolles en sauvage floraison.

Il est tout aussi difficile de ne pas penser aux savantes variations que Heidegger développe, dans une bonne moitié de son livre *Le Principe de raison* [1] autour du distique de Silesius, *Satz vom Grund*, principe de raison : à la suite de Leibniz et de Schopenhauer, de la quadruple racine (on retrouve : *radix*) du principe de raison suffisante. Jouant à rapprocher les deux mots « *Grund* » (sol, mais aussi *ratio* : fond, fondement, raison) et « *Abgrund* »

Pour une interprétation qui va beaucoup plus loin, je renvoie à l'éblouissante analyse de Werner Hamacher dans l'essai cité ci-dessus.

1. Traduction d'André Préau, Gallimard, 1962.

(abîme), Heidegger identifie la raison de l'étant, l'être, à l'abîme. Racine négative sous-jacente à l'étant, toute recherche du fond qui fonde débouchant sur un sans-fond (*Ungrund*) abyssal. Car «l'être», en tant qu'il fonde, n'a pas de fond[1]». Chez Heidegger, l'équation «l'être: l'abîme» concerne donc les rapports de l'être avec l'étant. On rappellera qu'une métaphore de l'étant assez constante, chez Heidegger, est justement la rose, symbolisant la φύσις comme pur déploiement de présence sans fond. La rose: présence sur fond d'abîme[2].

Dans un sens tout aussi subtilement dévié qu'à une théologie du même type se marque le rapport du poème celanien à une ontologie qu'on pourrait dire négative, si l'expression n'était déjà utilisée pour désigner la méontologie, mystique de Maître Eckhart, une ontologie en tout cas où l'être a rapport au néant. Dans un poème comme *Radix, Matrix,* Paul Celan, tout près de certains énoncés heideggériens, réussit à leur donner un sens juif. Chez lui, toujours plus concerné par l'histoire concrète que par la spéculation, le rapport de la rose, toujours teinte de sang, à l'abîme, est doublement tragique. Mais quelle est la racine négative dont parle le poème *Radix, matrix*, cette racine qui est mère de toute chose? Le fondement que Celan cherche à son histoire, jusque dans la nuit immémoriale (cf. «*vorzeiten*») est un fondement biblique. *Radix, Matrix*, celle qui était là avant les temps («*vorzeiten*»), celle qui était là avant lui, ce n'est pas seulement la Terre-mère, ce n'est pas vraiment la Nature[3]. «Celle qui arpentait, seule, le champ»: lire la glaneuse

1. *Op. cit.*, p. 243.
2. Par exemple, dans *Introduction à la métaphysique*, Gallimard, 1967.
3. Heidegger: «elle est plus ancienne que les temps» (*Approche de Hölderlin*, Gallimard, 1974, p. 77).

biblique, Ruth, à cause, aussi, d'insistants anagrammes – *Rute und Hode*, racine, *root*[1]. Ruth engendra Oved qui engendra Jessé. Est-ce elle qui est invoquée comme la « racine », « racine d'Abraham, racine de Jessé » — c'est-à-dire du peuple juif et aussi des chrétiens ? « Racine de personne – ô nôtre » : comme dans *Psaume*, joue ici l'ambiguïté personne / Personne. On se souviendra que « racine », dans un contexte *juif*, ne peut pas ne pas évoquer la « racine de toutes les racines » qui est une des dénominations de l'*En-Sof*, de la déité des kabbalistes. Comme dans *Psaume* encore, le « nous » voisine avec Personne ou personne, mais ici les deux mots se superposent, c'est « personne » qui devient le « nous ». La racine est négative, pas seulement parce qu'elle est, dans un tragique que jamais rien n'atténue, la noire souche d'une « race assassinée » (« *jenes Geschlecht, jenes gemordete* ») : le temps de l'origine biblique étant donné comme mystérieusement contemporain de celui du génocide moderne. La recherche du fondement, ici quasi généalogique, est aussi recherche du lieu d'origine. Très fortement, le début du poème le superpose à l'abîme[2], contre-nuit où a eu lieu, dans un temps immémorial, la rencontre du « je » et du « tu » abyssal. Si racine il y a, elle n'agrippe que le vide :

dorthin
und ins Nichts greifst, so
ist, was hier ist

1. Comme l'avait déjà noté John E. Jackson, *op. cit.*, p. 196.
2. Voir les positions syntaxiquement équivalentes des mots « *Heimat* » et « *Abgrund* » : « *mir vom Abgrund her, von / einer Heimat her…* – à moi depuis l'abîme, depuis / un lieu natal… »

là-bas
et dans le Rien, ainsi
de ce qui est ici

«*In der Luft, da bleibt deine Wurzel* – en l'air, là reste ta racine», dira encore un autre poème, le dernier du livre[1]. *Radix, matrix* est un poème du déracinement de la race. Ruth n'est-elle pas la Moabite, l'Étrangère, devenue par mariage fidèle au peuple et au Dieu d'Israël ? Veuve, elle refuse de retourner dans son pays et reste auprès de Noémi ; ensuite elle rencontre Booz. Une telle racine ancre dans un exil la lignée, celle des Juifs et celle des chrétiens. C'est pour cela aussi que le lieu est abîme, terre-mère béant noirement :

auch dieser	ce sol
Fruchtboden klafft,	à fruits aussi est béant,
dieses	ce
Hinab	tombe-en-bas
ist die eine der wild-	l'une des couronnes de la
blühenden Kronen.	fleur sauvage.

Le «*Fruchtboden*» est aussi le réceptacle de la rose, la «*Krone*», sa corolle. C'est la rose tout entière, en chacune de ses parties, qui devient allégorique de l'abîme, évoquant la béance du gouffre (qui vertigineusement attire vers le bas : «*dieses Hinab*»). La traduction a dû malheureusement renoncer à rendre les termes précis, empruntés, comme Celan en a souvent le goût, au lexique botanique, car ces mots, toujours plus concrets en allemand qu'en français, font image, et l'image est

1. *In der Luft, da bleibt deine Wurzel*, *La Rose de personne*, p. 149.

souvent plus importante que le sens propre. J'ai déjà justifié mon choix pour *Krone*. Le « *Fruchtboden* », dans sa proximité à *Fruchtacker*, terre arable, évoque un sol fertile. Dans le contexte du poème, ce mot dit la fécondité d'un sacrifice, ou plutôt rappelle ce qu'il faut sacrifier pour que se forme le fruit. On comprendra ainsi d'autant mieux qu'à la page qui suit *Radix, matrix* dans le recueil, une « terrenoire » fertile, le tchernoziom russe, referme une blessure et des calices :

Schwarzerde, schwarze	Terrenoire, terre
Erde du, Stunden-	noire toi, désespérance
mutter	mère
Verzweiflung:	des heures :
Ein aus der Hand und	quelque chose qui de la
ihrer	main
Wunde dir Zu-	t'est né et de sa
geborenes schließt	blessure ferme
deine Kelche.	tes calices.

La rose des hommes

Je m'étais proposé de suivre le destin de la rose dans chaque poème, d'un bout à l'autre du livre, pour qu'on puisse bien mesurer le chemin parcouru. Mais les fils du texte partant, et c'est bien naturel, dans tous les sens, cela n'a pas toujours été possible. Ni non plus d'éviter quelques redites, conséquences de ce tissu enchevêtré du texte. Pourtant c'est avec la rose, ses transformations dans les derniers poèmes, qu'on peut le mieux mesurer à quel point la composition dessine un itinéraire. À la fin du livre, la rose, échappant au sacré, cesse d'être la Couronne ironique et tragique du Dieu absent pour passer définitivement dans le camp de l'homme. C'est comme si le sens mystique-athéologique s'effaçait, derrière le sens éthique peu à peu engendré, qui s'épanouit dans les longs poèmes de la fin. De cette métamorphose, le poème qui ouvre la troisième section marque une première étape importante :

DIE HELLEN
STEINE gehn durch die Luft, die hell-
weißen, die Licht-
bringer.

Sie wollen
nicht niedergehen, nicht stürzen,
nicht treffen. Sie gehen
auf,
wie die geringen
Heckenrosen, so tun sie sich auf,
sie schweben
dir zu, du meine Leise,
du meine Wahre –:

ich seh dich, du pflückst sie mit meinen
neuen, meinen
Jedermannshänden, du tust sie
ins Abermals-Helle, das niemand
zu weinen braucht noch zu nennen.

LES PIERRES
CLAIRES traversent les airs, les
blancheclaires, porteuses
de lumière.

Elles ne veulent
pas toucher le bas, l'abîme,
leur but. Elles
montent,
comme les humbles
églantines, elles s'ouvrent,

elles planent,
vers toi, ma silencieuse,
ma vraie – :

Je te vois, tu les cueilles avec mes
mains nouvelles, mes
mains-de-tout-le-monde, tu les mets
dans l'encore-une-fois clarté, que personne
n'a besoin de pleurer ni nommer[1].

Ici la rose se superpose à la pierre, dont le sens négatif habituel est inversé. Sont aussi conjurés l'attirance du gouffre, le mouvement vertigineux vers le bas dont parle un poème comme *Radix, Matrix*. Mais surtout, il y a désacralisation de la rose, puisqu'elle apparaît, rose sauvage sous la forme de l'églantine banale (« *die geringen Heckenrosen* »). Le « Tu » les cueille avec les mains du « Je », devenues des « mains-de-tout-le-monde ». C'est-à-dire de personne, sous la forme du « tout autre », personne positivé.

Enfin, dans la quatrième et dernière section du livre, la rose apparaît dans trois poèmes : *Hinausgekrönt* (*Couronnné-dehors*), Huhediblu, et Die Silbe Schnerz (Les Syllabes douleur).

Tout d'abord *Hinausgekrönt*. Au début du texte, on a sans doute la même opposition qui travaillait déjà un poème du début du livre, *Die Schleuse. L'Écluse*[2], où un jeu de mots implicite mettait en rapport « *Vielweiberei* » (polygamie) et « *Vielgötterei* » (polythéisme) : celle de l'amour prostitué et de l'amour unique, du multiple et de l'un. Dieu est encore présent, comme hantise de l'Un, cherché dans le plus douloureux morcellement, hantise qui finit par se résumer dans l'image de la gerbe :

1. *La Rose de personne*, p. 85.
2. *La Rose de personne*, p. 29.

Auch mit Fluch und Gebet. Auch mit jeder
der über mich hin –
schwirrenden Keulen: auch sie in eins
geschmolzen, auch sie
phallisch gebündelt zu dir,
Garbe-und-Wort.

Aussi avec blasphème et prière. Aussi avec
chacune, au-dessus de moi,
des massues vrombissantes : elles aussi
fondues en un, elles aussi
phallique nouée vers toi,
Gerbe-et-Parole.

Mais on peut se demander si ce poème n'est pas celui du sacre à l'envers, du « découronnement » de Dieu. Voir le mot-titre, « *hinausgekrönt* », qui certes ne s'applique pas à Dieu, mais au « Je » du poème, excentré, exproprié, par le « sacre » négatif qu'est l'expérience de la débauche ou de la détresse (les deux thèmes, et c'est un motif mystique, se lient aussi dans d'autres poèmes – voir le vers-titre *Bei Wein und Verlorenheit*). Pour être compris, le titre français, *Couronné-dehors*, doit être mis en rapport avec le segment qui suit, « craché dehors dans la nuit », car « *hinausgekrönt* », intraduisible comme tel, signifie « chassé dehors par le fait d'être couronné ». C'est à la quatrième strophe qu'apparaît la rose :

Mit Namen, getränkt
von jedem Exil.
Mit Namen und Samen
mit Namen, getaucht
in alle
Kelche, die vollstehn mit deinem
Königsblut, Mensch, – in alle
Kelche der großen

Ghetto-Rose, aus der
du uns ansiehst, unsterblich von soviel
auf Morgenwegen gestorbenen Toden.

Avec des noms, imbibés
de tout exil.
Avec noms et semences,
avec des noms, plongés
dans tous
les calices qui débordent
de ton sang royal, homme, – dans tous
les calices de la grande
rose du ghetto, depuis laquelle
tu nous regardes, immortel
de tant de morts sur les chemins des matins mortes.

L'anaphore des segments déterminés par « avec » indique que la strophe prolonge le mouvement centripète du début du poème (voir « *hinaus* »), réinscrit dans le motif de l'exil. Ce mouvement était celui du « Je » du poème (« je viens et je viens ») vers un « Toi », dont on verra que le référent est variable. Cette fois, c'est « avec des noms imbibés, de tout exil » qu'il vient. Régénérés par un baptême du sang. « *Namen und Samen* », Nom et Semence, nom et semences. « *Samen* », c'est le sperme, avec lequel on va aux filles ou vers l'aimée, mais qui évoque aussi la fécondité de ces noms devenus germes : ceux du poète, créateurs comme le Verbe de Dieu. Dans « *Namen und Samen* », on entendra aussi l'écho d'un « amen » qui consent, mais toujours, « entre blasphème et prière », dans l'ambivalence. Car le poème est bien construit pour rappeler *Psaume*, avec quelques différences. Comme dans *Psaume*, le Juif sacrifié est rapproché du Christ de la Passion. Ici l'allusion s'inscrit dans l'emploi du mot « *Kelch* », calice : vase sacré *et* partie de la fleur. Il est temps de rappeler que dans l'iconographie chrétienne traditionnelle, la rose est une figurations de la coupe qui recueillit le sang du Christ ; le Graal et son double, le calice de l'Eucharistie. Rappel du sang versé, promesse de renaître, d'où l'objet de quête, *rosa mystica*. Mais la rose est affirmée comme juive, au plus près de son sens chrétien. « Grande rose du ghetto », elle déborde d'un sang juif qui est dit « royal » : Celan emploie le mot qui connote, je l'ai déjà montré, le chiasme entre Dieu et l'homme. Si le Juif est couronné roi, Dieu n'est-il pas destitué ? C'est quand un regard surgit enfin du fond de la rose que le mouvement du « Je » vers « Toi » aboutit, puisqu'il trouve une réciprocité. Ce regard est celui d'un « Tu », « immortel de tant de morts sur les chemins des matins mortes ». Est-il divin, ou seulement humain ? Il est permis d'hésiter, dans le tremblement d'une équivoque. Dans un premier temps, on peut songer à ce Dieu qui apparaît dans un poème du début du livre, dont l'unité se répare aux dépens de l'homme, « dans la mort de tous ceux fauchés[1] ». Mais si on regarde plus attentivement le poème, on constate que les trois « *du* » qui apparaissent dans chacune des strophes centrales (troisième, quatrième, cinquième strophe) ont à chaque fois un référent différent. Les référents successifs du « *du* » dans ce poème sont l'aimée, Dieu (Gerbe-et-Parole) et enfin, puisque « ton sang royal, homme », le Juif. Il s'agit donc bien de l'Homme, qui survit au-delà de la mort des hommes, comme l'espoir survit à la mort des matins. On est presque à la fin du livre, et le « Tu immortel » annonce aussi le « *Du todlos* » qui est l'interlocuteur trouvé du poème, quand, quelques pages plus loin, dans *Die Silbe Schmerz*, la rose connaît son ultime transfigu-

1. *La Rose de personne*, p. 21.

ration. La parenthèse qui constitue l'avant-dernière strophe confirme, avec l'allusion au destin de Mandelstam, et aux tragiques événements révolutionnaires qui font partie de l'arrière-plan historique de *La Rose*. Encore plus la dernière strophe, où apparaît le « nous » de la communauté, si rare chez Celan, le mouvement vers l'abîme étant une fois de plus conjuré :

> Und es steigt eine Erde herauf, die unsre,
> diese.
> Und wir schicken
> keinen der Unsern hinunter
> zu dir,
> Babel.
>
> Et monte une terre, la nôtre,
> celle-ci.
> Et nous n'envoyons
> aucun des nôtres en bas,
> vers toi,
> Babel.

Humaine, cette communauté rebâtit l'espoir d'un monde habitable, possible.

Rose des massacres : à la note tragique du poème que je viens d'évoquer, répond, quelques pages plus loin dans le recueil, la note sarcastique de *Huhedibliu.* Où l'on peut voir que la rose n'est pas un symbole dont le sens est stable. Issue d'élégiaques septembres verlainiens (« quand donc refleuriront, ô roses, vos septembres ? »), aussitôt évocateurs du meurtre (« *wann blühen die Blumen, huhediblüh, huhediblu...* » « *Huh* – on tue... *Ja wann* ? » peut-être aussi parce que, pour une mémoire française, le mois de septembre évoque certains massacres), la rose est ici la rose lyrique. Tournée en dérision, joyeusement mise en pièces, elle sert à railler la sensibilité élégiaque allemande. À mettre en cause la tradition du grand lyrisme poétique, issu du romantisme, qui s'épanouit avec Rilke et Benn (chez qui abondent les *«blühen», «Blumen»* et autres *«Rosen»*), parce qu'elle n'est pas vraiment innocente. Dans ce poème d'une extrême violence, Celan va jusqu'à accuser carrément Benn de complicité avec le nazisme. Il parle de *«Feme-Poeten»*, envieux et calomniateurs, organisés en sociétés secrètes de malfaiteurs. De leurs mots qui tuent, adjectifs et fleurs de rhétorique devenus couperets de guillotine :

auf den alten
Alraunenfluren gedeiht es,
als schmucklos-schmückendes Beikraut,
als Beikraut, als Beiwort, als Beilwort;
ad-
jectivisch, so gehn
sie dem Menschen zuleibe [...]

ça pousse,
sur les vieux champs de mandragores,
herbe superfétatoire,
épice, épithète, ou mot coupe-tête,
ad-
jectivement,
ils s'attaquent à l'homme [...]

Voir la chaîne de paronomases, particulièrement difficile à traduire, qui fait passer des gibets poussant comme de la mauvaise herbe aux adjectifs dont cette poésie abuse, devenus meurtriers (*«als Beikraut, als Beiwort, als Beilwort»)*, finalement rapprochés de ceux de la propagande nazie (*«ad-/jectivisch, so gehn/sie dem Menschen zuleibe»*). Il faut savoir lire la citation, si terrible qu'elle est tue, que pose en exergue muet l'allusion finale au *Schinderhannes* d'Apollinaire – *Schinderhannes,* Jeannot-bourreau, brigand allemand spécialisé dans l'assassinat des Juifs. Le poème d'Apollinaire prend fin sur ces vers :

> [...] toute la bande
> [...]
> [...] s'attendrit à l'allemande
> Avant d'aller assassiner.

Mais c'est dans le poème *Die Silbe Schmerz, Les Syllabes douleur,* que la rose connaît son ultime transfiguration : comme colchique (« *die Zeitlose, die Mutterblume* ») et rose des vents, qui fleurit enfin jusqu'à se défaire.

Cette transfiguration, il faut bien le marquer, se produit après que s'est constitué, au début du poème, le couple du « Tu » sans mort (« *todlos* ») et du « Je » revenu à lui. C'est le motif que Celan thématise autour de la question de l'Interlocuteur. Je me contenterai pour le moment de souligner que l'offrande qui se dit dans la rose est d'abord celle du « Tu » au « Je » et du « Je » au « Tu » – puisqu'ils sont réversibles :

> Es gab sich Dir in die Hand:
> ein Du, todlos,
> an dem alles Ich zu sich kam.
>
> Il s'offrait à Toi dans ta main :
> un Tu, sans mort,
> auprès duquel tout le Je revenait à soi.

Comme dans les proses de Celan, *L'Entretien dans la montagne* ou *Le Méridien,* dans ce poème l'exil commence à prendre une valeur positive : celle d'un détour nécessaire, sortie de soi en vue de la rencontre – cette rencontre du Tout autre qui ramène aussi à soi, le trope de ce détour étant, comme on sait, chez Celan, un méridien : avec « retour à l'endroit natal ».

La rose délivrée de *Die Silbe Schmerz* ouvre la voie aux tout derniers poèmes du livre, qui tirent la leçon méridienne de l'exil : le lieu grandi aux dimensions du monde.

Elle est d'abord colchique dans l'œil de Colomb, le héros du détour, le héros méridien : celui qui alla au proche par le plus loin, mais découvrit une terre nouvelle. Avec Colomb, une allusion à Hölderlin est sans doute aussi présente. Qui met en rapport la thématique du méridien avec la dialectique hölderlinienne du propre et de l'étranger, sinon avec le prétendu « retournement natal », dont les meilleurs spécialistes mettent en doute à bon droit l'existence[1]. « *Die Zeitlose, die Mutterblume* » : autre avatar de la fleur mystique. Mais le nom allemand du colchique (Zeitlose, écho au « *Du todlos* » du début du poème) signifie aussi l'Intemporelle. Il y a victoire sur le temps, la mort, tout comme élargissement dans

1. Peter Szondi, s'il n'a pas été le premier ni le seul à réfuter l'interprétation heideggérienne de la fameuse lettre à Böhlendorff, me semble faire parfaitement le point sur la question (*Poésie et poétique de l'idéalisme allemand*, Éditions de Minuit, 1975, p. 234 s.)

S'il n'y a pas de « retournement natal » chez Hölderlin, il n'y en a pas non plus chez Celan. Dans *Le Méridien*, le seul lieu trouvé est le trajet, et celui du poème débouche dans l'utopie. Le disent autrement quelques-uns des longs poèmes de la quatrième section de *La Rose* : celui que je suis en train de commenter, où la dissémination de la fleur est celle du lieu. Ou bien le tout dernier, où « le méridien » apparaît. Dès son vers-titre, il dit l'exil comme principe – « en l'air, là reste ta racine ». Les Juifs y sont « rentrés chez eux dans l'étrangeté du ban sans lieu » (« *heimgekehrt in den unheimlichen Bannstrahl* »). Pour demeurer les « êtres-gués » (« *Furtenwesen* »).

l'espace, dissémination du lieu à l'infini, qu'évoquera l'éparpillement final de la rose. Mais Celan parlait le français et avait lu Apollinaire, dont il avait traduit le poème *Les Colchiques*. On doit aussi tenir compte du nom que porte cette fleur dans notre langue. « Colchique » consonne avec le mot grec qui conclut le poème *Et avec le livre de Taroussa. Colchis,* Colchide : Crimée de Mandelstam, lieu de l'exil d'Ovide (tous deux écrivirent des *Tristia*). Mais aussi terme fabuleux de toutes les quêtes, pays où les Argonautes sur leur navire allèrent quérir la Toison d'or – dont la possession permettait, enfin, le retour. La métamorphose de la rose en colchique en fait l'emblème aventureux de l'exil.

Elle est enfin rose des vents, qui sert encore à s'orienter, au-delà du naufrage possible. Librement, sauvagement effeuillée :

> frei,
> entdeckerisch,
> blühte die Windrose ab, blätterte
> ab, em Weltmeer
> blühte zuhauf and zutag, im Schwarzlicht
> der Wildsteuerstriche [...]

> libre,
> à la découverte,
> la rose des vents s'épuisa en fleurs, s'effeuilla,
> un océan
> fleurit en masse et au jour, dans la lumière noire
> de la déroute du gouvernail affolé [...]

Le verbe *« abblühen »,* difficile à traduire, indique que la rose fleurit jusqu'à se défaire. C'est là son suprême accomplissement : il n'est pas du destin d'une rose de durer, mais plutôt de s'effeuiller, dans le vertige sans fin du don. Aux vents de la diaspora : une rose de l'abîme devient rose du monde.

Le trajet du livre est bien un mouvement universalisant. La rose est passée de « Personne » à « personne » où « personne » trouve la positivité qui l'égale à « tous ». Quand le « Tu » qui est l'autre personne devient le Tout autre, le « Je » du poème s'ouvre à l'impersonnel. Il trouve un « nous », parlant au nom des siens, au nom de tous.

Au bout du livre, la rose se défait : plus de destin juif qui se sépare du destin moderne de l'homme. Les mots *Mensch* et *Jude* deviennent strictement synonymes dans les poèmes de la fin du livre, par exemple *Fenêtre de hutte*.

Pour dire la même chose d'une autre façon le syntagme « la rose de personne » est un inséparable, même si nous devons séparer un peu pour les besoins de l'exposition. Si la « rose » est un don, « personne » est son destinataire. Mais tout aussi bien le sujet donateur, que son don (du poème) dépossède et exile de lui-même, quand il rejoint l'universel : alors il est « personne », convoquant le Tout autre, tout en étant le plus lui-même – c'est ce que *Le Méridien* dit autrement. Si la rose est un don, elle est aussi adresse et, on le verra plus loin, destination. Le même mouvement entraîne la rose, dans un « tourbillon de métaphores [1] », vers l'accomplissement de son destin, et le poème vers l'Interlocuteur providentiel. Rose mystique qui aimante la quête, rose des vents : ce mouvement orienté que l'écriture produit, Celan le nomme « souffle » ou « direction » *(Le Méridien)*.

1. GW II, p. 89.

Il y a donc cet itinéraire que le livre parcourt et produit, que les métamorphoses de la rose nous ont fait apercevoir. Il n'est pas sans évoquer, comme un exemple, une image obsédante des proses poétologiques, où Celan dit plusieurs fois que celui qui écrit cherche et trouve un chemin, la direction. Où parle aussi, selon le *Discours de Brême*, « la question du sens de l'horloge ». Un problème peut désormais être mieux abordé : celui de la construction, de l'organisation des poèmes dans le livre. Conformément à une tradition de la poésie allemande, les poèmes de *La Rose*, à une ou deux exceptions près, se succèdent selon l'ordre naturel de composition[1] – c'est vrai aussi des autres livres de Celan. Ce type de composition, chronologique, est d'habitude le domaine du « pas-de-sens », et fait les recueils, non les livres. Cela n'est absolument pas le cas pour Celan. Oui, même si on a peine à le croire, la composition est chronologique, et pourtant logique, elle porte sens. Il y a là un paradoxe qu'il faut tenir. Il en dit long sur ce que peut une écriture qui, à force d'authenticité, devient un performatif. Il faut que celui qui écrit, lesté du poids du déjà écrit, soit changé, pour que les significations changent, au cours d'un processus. Les poèmes alors sont autant de balises le long d'un itinéraire spirituel. Que l'ordre de succession naturel des poèmes en arrive à faire sens signifie que c'est l'écriture elle-même qui, portée par le temps dont elle a besoin, où elle se déploie, produit la direction.

1. On le sait d'après le manuscrit où les poèmes sont datés, selon une habitude de Celan.

Table des matières

I

II

III

IV

Je tiens à remercier particulièrement Jean Bollack de l'aide précieuse apportée par ses critiques et suggestions.

19 poèmes (* à la table des matières) ont été publiés en 1977 dans le cahier 38 de la revue *Le Nouveau Commerce*, traduits par Martine Broda et Marc Petit. Ils ont été revus pour l'édition de 1979.

DU MÊME AUTEUR

Le Méridien
(trad. A. du Bouchet)
Fata Morgana, 1967, 1994, 2008

Entretien dans la montagne
(trad. J. E. Jackson et A. Du Bouchet – ill. T. Coat)
Fata Morgana, 1970, 1996, 2010

Poèmes
(trad. A. du Bouchet)
Mercure de France, 1978, 1986

Enclos du temps
(trad. M. Broda)
Clivages, 1985 (épuisé)

Pavot et mémoire
(trad. V. Briet)
Christian Bourgois, 1987

Poèmes
(trad. J. E. Jackson)
Unes, 1987
rééd. revue et corrigée, José Corti, 2004

Contrainte de la lumière
(trad. B. Badiou et J-C. Rambach)
Belin, 1989

Entretien dans la montagne
(trad. S. Mosès)
Chandeigne, 1990
rééd. Verdier, 2001

Strette et autres poèmes
(trad. J. Daive)
Mercure de France, 1990

De seuil en seuil

(trad. V. Briet)
Christian Bourgois, 1991

Grille de parole

(trad. M. Broda)
Christian Bourgois, 1991
et « Points Poésie », n° P1881 (bilingue)

Choix de poèmes

(trad. et présentation J-P. Lefebvre)
Poésie/Gallimard, n° 326, 1998

Correspondance Paul Celan – Nelly Sachs

(trad. M. Gansel)
Belin, 1999

Correspondance Paul Celan – Gisèle Celan-Lestrange

(édité et commenté par B. Badiou
avec le concours d'E. Celan)
Seuil, « Librairie du XXIe siècle », 2001

Le Méridien & autres proses

(trad. J. Launay)
Seuil, « Librairie du XXIe siècle », 2002
&
(trad. A. Du Bouchet – ill. J. Capdeville)
Fata Morgana, 2008

Renverse du souffle

(trad. J.-P. Lefbvre)
Seuil, « Librairie du XXIe siècle », 2003
et « Points Poésie », n° P1572

La Bibliothèque philosophique

Rue d'Ulm, 2004

Correspondance 1965-1970 : Paul Celan – Ilana Shmueli

(trad. B. Bertrand Badiou)
Seuil, « Librairie du XXIe siècle », 2006

Partie de neige

(trad. J.-P. Lefebvre)
Seuil, « Librairie du XXIe siècle », 2007

RÉALISATION : PAO ÉDITIONS DU SEUIL
NORMANDIE ROTO IMPRESSION S.A.S À LONRAI
DÉPÔT LÉGAL : MARS 2007. N° 93068-4 (130432)
IMPRIMÉ EN FRANCE

Quelques titres de
« La librairie du XXIe siècle »
Collection dirigée par Maurice Olender

Sylviane Agacinski, *Le Passeur de temps. Modernité et nostalgie.*
Giorgio Agamben, *La Communauté qui vient. Théorie de la singularité quelconque.*
Henri Atlan, *Les Étincelles de hasard I. Connaissance spermatique.*
Henri Atlan, *Les Étincelles de hasard II. Athéisme de l'Écriture.*
Marc Augé, *Non-lieux. Introduction à une anthropologie de la surmodernité.*
Jean-Christophe Bailly, *Le Propre du langage. Voyages au pays des noms communs.*
Marcel Bénabou, *Jacob, Ménahem et Mimoun. Une épopée familiale.*
Yves Bonnefoy, *Lieux et Destins de l'image. Un cours de poétique au Collège de France (1981-1993).*
Yves Bonnefoy, *L'Imaginaire métaphysique.*
Philippe Borgeaud, *Aux origines de l'histoire des religions.*
Jorge Luis Borges, *Cours de littérature anglaise.*
Italo Calvino, *Pourquoi lire les classiques.*
Paul Celan et Gisèle Celan-Lestrange, *Correspondance.*
Paul Celan, *Le Méridien & autres proses.*
Paul Celan, *Renverse du souffle.*

Paul Celan et Ilana Shmueli, *Correspondance.*
Paul Celan, *Partie de neige.*
Michel Chodkiewicz, *Un océan sans rivage. Ibn Arabî, le Livre et la Loi.*
Antoine Compagnon, *Chat en poche. Montaigne et l'allégorie.*
Hubert Damisch, *Un souvenir d'enfance par Piero della Francesca.*
Luc Dardenne, *Au dos de nos images*, suivi de *Le Fils* et *L'Enfant*, par Jean-Pierre et Luc Dardenne.
Michel Deguy, *À ce qui n'en finit pas.*
Daniele Del Giudice, *L'Oreille absolue.*
Daniele Del Giudice, *Dans le musée de Reims.*
Milad Doueihi, *Le Paradis terrestre. Mythes et philosophies.*
Rachel Ertel, *Dans la langue de personne. Poésie yiddish de l'anéantissement.*
Arlette Farge, *Le Goût de l'archive.*
Alain Fleischer, *L'Accent, une langue fantôme.*
Lydia Flem, *La Voix des amants.*
Lydia Flem, *Panique.*
Lydia Flem, *Lettres d'amour en héritage.*
Anthony Grafton, *Les Origines tragiques de l'érudition. Une histoire de la note en bas de page.*
Jean-Claude Grumberg, *Mon père. Inventaire*, suivi de *Une leçon de savoir-vivre..*
Daniel Heller-Roazen, *Écholalies. Essai sur l'oubli des langues.*
Jacques Le Brun, *Le Pur Amour de Platon à Lacan.*
Nicole Loraux, *La Tragédie d'Athènes. La politique entre l'ombre et l'utopie.*
Patrice Loraux, *Le Tempo de la pensée.*
Charles Malamoud, *La Danse des pierres. Études sur la scène sacrificielle dans l'Inde ancienne.*

Michel Pastoureau, *L'Ours. Histoire d'un roi déchu.*
Georges Perec, *L'infra-ordinaire.*
Georges Perec, *Je suis né.*
Georges Perec, *Le Voyage d'hiver.*
Georges Perec, *Un cabinet d'amateur.*
Georges Perec, *Penser/Classer.*
Jérôme Prieur, *Roman noir.*
Jacques Rancière, *Courts Voyages au pays du peuple.*
Jacques Rancière, *La Fable cinématographique.*
Jean-Michel Rey, *Paul Valéry. L'aventure d'une œuvre.*
Jacqueline Risset, *Puissances du sommeil.*
Denis Roche, *Dans la maison du Sphinx. Essais sur la matière littéraire.*
Olivier Rolin, *Suite à l'hôtel Crystal.*
Olivier Rolin & Cie, *Rooms.*
Charles Rosen, *Aux confins du sens. Propos sur la musique.*
Michel Schneider, *La Tombée du jour. Schumann.*
Michel Schneider, *Baudelaire. Les années profondes.*
Jean Starobinski, *Les Enchanteresses.*
Anne-Lise Stern, *Le Savoir-déporté. Camps, histoire, psychanalyse.*
Antonio Tabucchi, *Les Trois Derniers Jours de Fernando Pessoa. Un délire.*
Antonio Tabucchi, *Autobiographies d'autrui. Poétiques a posteriori.*
Jean-Pierre Vernant, *L'Univers, les Dieux, les Hommes. Récits grecs des origines.*
Jean-Pierre Vernant, *La Traversée des frontières.*
Nathan Wachtel, *La Foi du souvenir. Labyrinthes marranes.*